乳母車
最後の女
石坂洋次郎傑作短編選
ishizaka yōjirō
石坂洋次郎
三浦雅士・編
講談社
文芸文庫

目次

乳母車／最後の女

石坂洋次郎傑作短編選

乳母車──ある序章

桑原ゆみ子は、暑中休暇の間に、湘南の海で二週間ばかり泳ぎ、信州の山で一週間ばかりキャンプをした。どちらも従姉妹たちと一緒の女連ればかりだったが、海でも山でも、世話好きで気分のいい青年たちと知り合いになって、楽しく過すことができた。

しかし、長い休暇をまるまる遊んで暮したわけではない。訳本で、モルガンの『古代社会』をていねいに読んだし、ディッケンズの家庭小説とコナン・ドイルの探偵小説を、それぞれ原書で読んだ。つまり、ゆみ子は、学校側で希望しているように、夏の休暇を、よく学びよく遊んで過したことになる。

九月の新学期がはじまると、ゆみ子は、陽やけした元気な様子で学校に通い出した。短く刈った髪は、少し赤味がかって豊かに縮れ、円い量感のある顔は、皮膚が滑らかにひきしまっており、化粧のあとはまるでなく、それどころか、近くで見ると、鼻の下のうすい生毛が目につくほどだ。眉が濃く、目がつぶらに黒く、鼻筋がよくとおり、軽く閉じ合わせた厚目の唇のあたりには、どこやら幼い匂いが漂っている。

一人娘で、暮しに恵まれすぎている環境が、年が二十二、背丈も一メートル六十ほどあるゆみ子の顔に、そういうあどけない感じをいまだに残させているのかも知れない。ゆみ子自身は、鏡の中の自分の顔のあどけなさが気に喰わない。そんなもの、さっさとなくなってくれれば、もっと自分の顔に女らしい魅力が滲み出るだろうにと思ってるぐらいだ。

服装の好みも淡泊なほうだ。新学期の一週間ばかりの通学服は、うす青いギャバジンの半袖の上衣、ねずみ色のウールのスカート、くすんだ朱色のバンド。胸のポケットからのぞいたハンカチも、短い木綿の靴下も、赤い縞が入ったもので、靴は厚いゴム底で飴色のズック製のものだ。そして、頭の真ん中には、小さな白い麦わらの夏帽子をのっけている。

久しぶりで学校友達に会うのは、ひどく楽しみだった。

「オス！」「オス！」というふだんの挨拶の言葉を、強く大げさに言い、お互いの肩を叩き合ったりして、再会を喜ぶのだった。わずか二た月ばかり別れていただけなのに、男も女も、顔がまるでちがってしまったようで、二、三日の間は馴染めない気持だった。それがようやく見馴れた親しいものになるころには、少し退屈だが、平穏な学校生活が流れ出しているのであった。

そうして二週間ばかりたった土曜日の午後から、ゆみ子は、前日から申し合わせた三人の友達と一緒に多摩川に水泳に出かけた。三人というのは、二級上で、来年卒業することになっている経済学部の八代清一、文学部の同級生である金田さち子、一級上で法学部の川又計介である。ほかにも仲間はいるが、ゆみ子も加えたこの四人は、特に親しくつき合っていた。性格の対照などをヌキにして、四人の関係を簡単にいうと、八代清一はほのかな好意をゆみ子に寄せており、同じ程度に金田さち子は八代に牽かれており、その金田さち子を川又計介が慕っている。で、ゆみ子自身はどうかというと、髪が濃く、脂ぎってニキビなどを出している、ずんぐりした人の好い川又計介に同情して、いちばん率直な口を利き合うが、結局それだけのものである。背が高く、胸幅がひろく、ゆとりのある整った顔立ちをしている八代清一と二人きりでいると、なにかしら窮屈な気持にさせられるが、その窮屈さがどう変っていくものかは、いまのところ予想がつかない。そして、ゆみ子は、意識して、八代と二人きりになる機会を避けているようだった。

金田さち子は、背丈がゆみ子ぐらいあり、色が白く、顔も身体も平べったい感じだが、そのわりに強靭な生活力のようなものをもっている。唇にしまりがなく、ちょっと品のない顔だが、まあ美人である。「私の母は二号さんなのよ」と自ら屈託なく名のっているが、暗いかげがないのがとり柄だ。八代に対して無条件奉仕といった打ちこみ方をみせたりするが、親ゆずりなのかどうか、男性に屈従しようという態度にネチネチしたところがなく、板についた風があって好意がもてる。ゆみ子は、彼女に対してナマな優越感を抱いたりすることがないよう気を配っているが、それでも気が楽なのか、川又計介のことを持ち出して、ときどきからかってみたりする。――書きそびれたが、金田さち子は母や弟と一緒に東京に住んでいたし、八代は名古屋が郷里で、父親は会社の重役をしており、川又は千葉の大きな商店の息子だった……。

四人は、国電で田町から渋谷に行き、そこから玉川電車に乗り換えて、二子玉川駅で下りた。土曜日ではあったし、残暑が厳しかったので、ひろい河原のそちこちにはたくさんの人々が群れていた。泳いでるのもあれば、釣糸を垂れてるのもある。

空は青々と晴れわたって、ところどころにミルク色の夏雲が浮んでいた。熱気のせいか、川上のはるか彼方の丹沢の山々がかすんで見える。

川岸に立つと、時おり橋の上を通る電車の音のほかは、外界の物音が遠のいて、その代り、浅瀬の水の音が急に耳いっぱいにせまってくる。その上に人々の罵り騒ぐ声が浮いて聞える。

ゆみ子たちは、岸のお茶屋で水着にきかえると、深い流れの中に飛びこんで行った。冷たい――といっても、陽に温められた水の感触が肌に快く、五官がいきいきとはたらき出すようだった。

もぐっていくと、底の小石が一つ一つきれいに見分けられるほど水がすんでおり、そこへ太い日光の縞がいくつにも砕けて慄えながら差しこんでいた。水をかく自分の手足の青白さが、ふっと、ゆみ子に、息づまるような哀しみを覚えさせたりした。と、かたわらの青いくらがりの中から、水泡を立てて、ぶよぶよした人間の姿が近よって来た。そのために日光の太い縞がめちゃくちゃに掻き乱されてしまった。

ゆみ子は、それが八代清一であることを知っている。この男は自分に好意を寄せているんだっけ——。ゆみ子は、そんな記憶を、何万里もかなたからのもののようにボンヤリと思い出していた。

唖でありつんぼでもある青白い裸の八代清一は、身体を奇怪にくねらせて、しばらくゆみ子のまわりを泳いでいたが、やがて二本の足を揃えて蹴って、斜めに水の上に浮いていった。ゆみ子も息苦しくなって浮び上がった。と、閉ざされていた耳の中へ、ザザーという、ざわめくような物音が一時に蘇って来た。

（これが地球の物音なんだわ）と、ゆみ子は思った。が、耳がその感じに慣れてしまうと、じつはあたりはごく静かであることが分った。

泳ぎ疲れた四人は、川原に匍い上がり、砂地を探して、思い思いの恰好でそこに寝そべった。腹匍いになったゆみ子の背中の上には、ちびた灌木が乏しい影を落していた。気楽なおしゃべりをポツポツ交わしている間に、ゆみ子はふと、妙な気分になった。三人が知っていて自分だけ知らないことがある。しかもそれは自分に関したことらしい——。そういう気分を三人の態度からふっと感じさせられたのである。

「あら、なによ。何を私に隠しているのよ。何かあるんでしょう……」と、ゆみ子は三人の顔を見まわしながら言った。

「どうする? 川又さん。貴方は話したほうがいいといちばん熱心に主張してたけど……」と、金田さち子は、白い平べったい顔に複雑な微笑をかげらせて言った。

「そうだよ。それが桑原クンのためになると思うからさ。……言っちゃうかな、八代?」

単純に興奮した川又計介に、そう念を押されると、八代清一は、ゆみ子から目をそらせて、大きく、あいまいに頷いた。川又は、あぐらに坐り直して、細いが精気のある目でゆみ子をまっすぐに見つめて、

「ゆみちゃんは人生の真実と対面する勇気があるかね? あるはずだね。それがどんな性質の真実であろうと……」

「なによ、改まって……。私、あると思うわ。その勇気が……」

ゆみ子は、とつぜん、得体の知れない不安にとりつかれたが、三人の面前で自分がテストされてるようなので、それに反撥して、できるだけ平気そうに答えた。川又はおっかぶせるような調子で、

「君、お父さんもお母さんもいい人で、一人娘で、家庭が平穏なので、自分が温室育ちの人間になりはしないか不安だって、いつかそう言ったろ?」

「言ったかも知れないわ。日本という国は、のんびりと人が好いだけでは、社会でも家庭でも、うまくやっていけないほどせかせかしているんですもの……」

「その通りさ。……それともう一つ、僕たちふだん、恋愛とか社会とか政治とか、いろんな問題で意見を述べあっているだろう。それがどれだけ生活の裏づけをもったものなのかをためす一つのチャンスだと思うのさ。君にとってだよ……」

「それも分ったわ。で、一体、そのこと、何なのよ」と尋ねるゆみ子の顔は、少し硬ばりかけていた。

「それね——」と意気ごんで言いかけた川又は、そこで崩れて、急に卑屈な微笑を浮べ、「わるいなあ。ゆみちゃん、せっかくヌケヌケと仕合わせでいるんだからな……。さッちゃん、君言えよ」

「いやあよ」と、金田さち子は大げさに断わった。

「私の境遇が境遇だし、人の不幸を喜んでるようにとられてはいやだから……」

「あのな、ゆみちゃん」と、それまで黙っていた八代清一が、温かい手で、押えるようにゆみ子の腕にさわり、

「君を信じて言うよ。……君のお父さんに若い愛人があって、子供が一人生れているんだ。その愛人は、お父さんの会社の子会社の秘書室に勤めていた人で、二十八になる、美しい人だというんだ。——ある意味では、世間にあり触れた平凡なことがらさ。ね、さッちゃん、そういうことだったね」

「ええ——」と、さち子はうつむいた。

「ホホホ……」と、ゆみ子は笑ったが、変に乾いた響きだった。

「うちの父にそんな働きがあるなんて……信じられないわ」

「あら。子供たちの不良化を知らされた両親は、みんなはじめは、家の子にかぎってというそうだけど、ゆみ子さんも同じことを言ってるわ。誰も貴女のお父さんを責めてるんじゃないのよ。家庭があっても、外で恋愛することもできる『男』の一人だと言ってるまでだわ……。つまり、お父さんは、貴女のお父さんであると同時に、一人の男でもあるということなのよ」と、金田さち子は、くだけたような口調で言った。

「私……信じないわ！」

頑固に言い放ったゆみ子は、なぜかその瞬間から、父親に隠された生活があることを信じるようになってしまった。ジーンと強い耳鳴りがし出した。そしてその音は半日、ゆみ子の頭の奥で、無気味な鳴動をつづけていた。

「ガンバルなよ、ゆみちゃん。そうするほど、はねっ返りが強く来るぜ。……第一、僕たちの間に出る恋愛論では、妻のある男も、夫のある女も、恋愛の対象であり得るし、また彼も彼女も恋愛する権利がある――そういうことになってるじゃないか。興奮することはないよ……」と、川又計介がなぐさめるように言った。

たしかにそういうことをしばしば話し合ったようだ。だが、それは一般論であって、自分の身辺の問題としての実感は、まったく伴わないものだった。いまそれが突然、冷酷な事実と対決をせまられることになったわけだ。自分は当然それに堪えていかなければならない道理なのだが……。

「――」

ゆみ子は、こわばった顔で、遠い山並みの方に目をやって、黙っていた。が、その手は、膝もとの砂をすくってはサラサラとこぼす動作を繰り返していた。それを見て、川又計介が、お人好しをむき出しにした調子で、

「わるいことを言ったのかな。桑原クンのためだと思って言ったんだけど……。だってさ、真実を知らないで、いろんなことを考えたりしゃべったりしたって、はたから見てるとおかしいようなもンだからな……」

「ありがとう。あなたがたの好意を信じるわ。それから父のスキャンダルも――」と、ゆみ子は力んだ切り口上で言って、

「でも、私、いまは一人ぎりでいたいから帰るわ。もしあなたがたが、ほんとに私のためを思ってくださるなら、変に私に同情したりしないでください。私が元気になるまで、そうっと私をほうっておいて……。私、帰りますから……」

ゆみ子は立ち上がった。少しめまいがした。さっきまでは、素朴な生存の歓喜にあふれているかに見えた明るい川原の風景が――空も山も水も木も石ころも、すべて陰画のように色褪せたものに見えた。そしてただ、ジーンという耳鳴りだけが、不吉なリズムをひび

かせていた。

ゆみ子は川を泳ぎ、対岸に上がった。

「おい、だいじょうぶかい？」と、後ろから八代清一が声をかけた。ついて泳いで来ていたのだった。水に濡れた浅ぐろい顔の中で、歯の白いのが印象的だった。筋肉の盛り上がった肩や胸に、滴がキラキラと光っている。

（……こんな、身体が丈夫で、勉強がよくできて、親切で、まともな人なんて、私はイヤだ！）

ゆみ子は、なぜか、敵意のこもった目で八代を見上げた。

「だいじょうぶよ。……八代さんさっき、私のそばにもぐって来たでしょう。手足や胴体を、長い海藻のように青白くくねらせて……。私その時、この冷たい海藻のような身体の中には、もしかすると、私に対する温かい気持がひそんでいるのかも知れないとふと思ったりしたわ。何万里もさきのことのような間遠い気持で……。そしてね、いまこの明るい所でハッキリ言いますと、私の中には、それに応えるものがなさそうだわ。……御心配していただいてありがとう。もうみなさんのところに引っ返してよ。そのほうが私、気楽だわ……。かえって……」

「帰るよ……」と、八代はわざとのようにぞんざいな口調で言った。

「きみ、めそめそして、一日でも学校を休んだら軽蔑するからな……」

「うん……」

八代は身体をちぢめるようにして砂利を踏みながら、水の中に下りて行った。ゆみ子はその後ろ姿をちょっと見送り、それから、流れの向こうの砂地にいる金田さち子と川又計介のほうに手をふってみせて、茶店の更衣室に入って行った。

耳鳴りがジーンとつづいていた……。

＊

ゆみ子の父の桑原次郎は、ある鉄工会社の重役だった。髪は銀白で、背が高く、気品に富んだ風采をしている。そして、仕事も練達だし、世間の信用も厚かった。趣味はゴルフと謡曲である。――ゆみ子はそういう父をもつことをひそかにほこりにしていた。

母のたま子は、四十をずっと越していたが、いわゆる中年肥りをせず、ゆみ子によく似た顔は、皮膚が滑らかで、まだ美しいと形容してもいいぐらいだ。ただ、感じがきつすぎて、女らしい柔らかみに欠けている。じっさいまた、たま子は感傷性に乏しく、おあいそ笑いなどあまりしないし、お喋りでもない。子供が一人ぎりで暇もたっぷりあるので、生花と小唄にこっている。ゆみ子は、母を立派だと思うが、時には気紛れでヒステリックであってもいいから、もっと懐ろを大きくひろげて、自分を甘やかしてくれてもいいのに――と、不満を覚えることもある。

家族といえばその三人ぎりだ。家の中には、ほかに女中が二人いるし、ひろい庭には大きな番犬が二頭、放し飼いにしてある。そして、ゆみ子が記憶してるかぎり、この家では、夫婦の間に争いごとがあった例がない。父は会社の用事で、帰りが遅いことが多かったが、家にいるかぎりは、妻子に優しく、ついぞ大きな声を出したことがない。母も物しずかで、記憶に残るほどとり乱した様子を見せたことがない。が、家庭を賑やかにする主婦の笑い声には乏しかった。それは母の性格というもので、いまさらどうしようもない。ゆみ子はふだん、もし自分が将来、家庭をもつようになったら、子供も二、三人生み、自分も、時には羽目をはずして笑ったり怒ったりする主婦でありたいと願っていた。だが、母が営んでいる現在の家庭も、平和で気品があり、模範的なものだとずっと信じてきたのである。

それなのに……父にはいつからか二号さんがあり、子供まで生れているという。母はそれを知ってか知らいでか、いつも無口に落ちつき払って、花を生け小唄をさらっている。これは一体どういうことなのであろう。いや、あの利口な母が、父のことを覚らないはずがない。知っていて、父をあらわに責めようとしないのはなぜだろう……。一人だけつんぼ桟敷に置かれて、恋愛の自由などを論じていた自分は、いちばん軽薄な存在だったと思う……。

ゆみ子は水泳から帰ると、二階の自分の部屋にこもって、枕を出して畳に寝転んだ。川原で、あたりの景色が急に色褪せて見えたように、和やかだと思っていた家の中の空気も、急に荒涼としたものであるように感じられてきた。父の穏やかさも、母の落ちつきも、みんな見せかけだけのもので、二人の間はとっくから冷却してしまっていたのだ。それに気がつかないなんて……。しかし、一体ほんとなのだろうか。単なるデマにすぎないのではないだろうか。負けず嫌いの母が、そんなことを知っていて、感情に現わさないということがあり得るだろうか、そうだ、まったく根も葉もないことなのだ。あの連中は、どこかで悪質な噂話を聞きかじって来たのにちがいない。もしかすると、デマの本家は、メカケの子だと名のる金田さち子かも知れない……。

他人のいる前だと、父に関する噂をそのまま信じて絶望的な気持にさせられたのに、こうして一人でいると、もしやという希望の気持も湧いてくる。ともかく、それがどんなにつらいことであっても、事実をしっかりと確かめねばならないのだ……。

暗いのと明るいのと、気持が転々と変っていく。その合い間には、今度のことにはなんの関わりもない昔のきれぎれな思い出が、ひどく鮮やかに脳裡に蘇ってきた。哀しい思い出では涙が出そうになり、おかしい思い出では、咽喉の所でウフウフ笑い出したりするほど切実な感情が伴った。そして、こういう異常な心理を、ゆみ子ははじめて経験したのである……。

その晩、父は夕食までに帰宅せず、ゆみ子は母と二人で食卓に坐った。グレーのワンピースを着て、このごろから金ぶちの眼鏡をかけ出した母親のたま子には、いつもと変ったところがない。ときどきは物も言うし、それに御飯やトンカツやねりこみや漬け物の食べ方がしっかりとしていて、内に悩みを秘めている人とは思われない。

「お母さんの食べてるの、おいしそうね」

「おいしいよ。だってお前、食べるってことは、世の中でいちばん楽しいことじゃないか。おいしくなきゃあ損ですよ。……お前は？」

「今夜はあまりおいしくない。……川原で暑気当りでもしたらしいわ……」

「そう。早く休むんだね……」

食事がすむと、ゆみ子はまた二階に上がった。縁側の椅子に腰かけて、庭の樹木の上にひろがる、まだ暮れきらない鼠色の夜空を眺めていると、星の数がしだいに殖えていくのに興が湧き、やっと解放されたような気持になった。見てる間に闇が濃くなっていく。

階下では、母が三味線を爪弾いて、小唄をさらい出した。ゆみ子はあまり小唄を好きでないが、母の声は幅があって、唄い方も確かだと思う。しかし、やはりつやが足りなくはないか。ふっと身を入れてきくと、こんな歌詞をうたっていた。

〽こうもりが　軒に飛びかう夕闇に　こころの雲もいつしかに　晴れてうれしき月のかお　情けは深きうず巻の　仕立下ろしの染めゆかた……

なんというのんびりした古風な世界であろう。母はどんな気持でそれを唄っているのであろうか……。腹立たしいような気がする。

起きていてもくさくさするばかりなので、ゆみ子は早く寝ることにして、自分で床をのべ蚊帳をつった。それから寝巻に着更えて、下の風呂場にシャワーを浴びに行った。帰りがけに、母のいる座敷に顔を出してお休みの挨拶を述べたが、それをきっかけに中に入ってしまった。

「お母さん。ちょっとお話ししたいことがあるんだけど、いい？」

「ああ、いいよ。……お坐り……」

たま子は、三味線を膝から離さず、ポツンポツン爪弾きながら答えた。ゆみ子はテーブルを隔てて向き合って坐った。

「あのう、ね、今日、お父さんには、よそに若い恋人があって、子供が生れてるって聞いたんだけど、ほんとう？」

「ほんとうだよ」と、たま子は、ゆみ子の顔をみつめ、三味線の音じめを直しながら、落ちついた調子で答えた。

「お母さん、前から知ってたんですか？」

「ああ、知ってましたよ。世間にはおせっかいな人がたくさんあって、よけいなことまで教えてくれますからね……」

「それでお母さん平気なんですか……」

「平気なことはないだろうけど、でも、お母さんには、いまのところ、ここほど住みいい家はありませんからね。ここにいるときまった以上、ギャーギャー騒ぎ立てることは損ですからね……」

「でも、お父さんを愛してるんなら、お父さんを責めて……」

「ああ、ごめんだよ。私までお父さんの片棒かつがせられるんでは……。ゆみ子。お母さんはね、お父さんやお前が考えているより、ずっと意地のわるい人間なんだよ。私自身にも今度はじめてそれが分ったんだけど……。いままではそれを試す機会がなかったというだけだったんだろうね。ともかく、私の口からは、その問題について、一と言もお父さんに苦情を言ったことはないんだよ。辛抱づよいと思うかえ。でも、それは家庭を大切にしてるからでなく、お父さんを困らしてやろうと思うからなんだよ。

世間では、そんな場合、奥さんたちがとり乱して、旦那さんをやいやい責めたてるでしょう。でも、そうされると、男のほうでは気持の吐け口ができて、かえって楽になるんだよ。奥さんがやっきとなって責め立てるほど、自然に男のほうでは罪滅ぼしができたようなことになり、結局おあいこということになってしまうのさ。……私はそんなばかなことをしたくない。お父さんがひとりで思案してひとりで踊って、とどのつまりどうされるのか、じいっと見ているつもりだよ。お父さんて、あれで気が弱いところがあって、自分一人でそんな秘密を呑みこんでいられない人だからね。何とかするでしょう、そのうちに……」

「お母さん、冷たいわ……」と、ゆみ子は母の話で感じさせられた気持を、思わず率直に言ってしまった。たま子はきつい視線で、娘を見返して、

「冷たいお母さんでわるかったね。では、お前、私がギャーギャー騒ぎ立てればいいと思うのかい？　できてしまったことが、それで消えてしまうんだったらね……。私はいやですよ。ゆみ子、人間は、家族同士の間柄でも、自分で蒔いた種は自分で刈らねばならないものなんだよ……」

三味線の糸がポツンと鳴って、たま子の言葉を、調子の強いものにした。

「お父さん、なんだってそんなことになったのかしら？」

「そりゃあね、お父さんが男だからさ。私のものでも、お前のものでもない、男としてのお父さんが、いつだって別にあるわけなんだよ。そりゃあもう、私にしてもお前にしても、同じことだけどね……」

「きっとその相手の女の人、じだらくな性格の人なのね」

「私は、そんな身びいきした、ありふれた考え方はきらいだね。お母さんに、お前のように言ってくれた人もあったけど、それはお母さんの御機嫌をとるためにそう言うだけらし

いね。ほんとうは、なかなかしっかりした、魅力のある人だそうだよ。短大を出てるし、実家は水戸で、裕福に暮してる家だそうだよ……」

「まあ、お母さん……」と、ゆみ子は哀願するように言った。相手を賞める言葉を言うほど、鉄の板のように冷たい母の構えが感じられるからだった。

「ゆみ子、面白いことを教えようか。その女の人はね、相沢とも子といって、すぐ近くの奥沢に住んでいるんだよ。九品仏(くほんぶつ)で下りて、商店街に入り、三つ目の角を左に入って間もなくだとさ。お父さんとしては、燈台下暗しという場所を選んだのかも知れない。それに訪ねて行くのにも便利だからね。……こんなこと、私が探らせたと思ってもらっては困りますよ。世間にはおせっかいやが山ほどいるということなんだから……」

「まあ……」

九品仏といえば、ゆみ子たちの家がある等々力(とどろき)から電車で二つ目の駅だ。そんな近くに、父の愛人とその子供が住んでいるなんて……。事件が急に生々しい感じで、ゆみ子の胸にせまって来た。

「でも、なんてたって、その人、お父さんのお金や地位が目あてだったんだと思いますわ……」と、ゆみ子は、しだいに重みを増してくる父の愛人や子供の幻影を押しのけるかのようにそう言った。

「およし、ゆみ子！」と、たま子が厳しい調子で咎めた。

「お前なんのために教育を受けてるんです。大切な問題になると、ミーちゃんハーちゃんの考え方しかできないなんて、恥ずかしいことじゃないの。事実はありのままに――こちらの感情とは反対の方向に、分をよく考えてやって、それから自分の立場をきめるべきですよ。……言っておきますけどね、お母さんはこの問題では、お前からも誰からも、下手に同情されるのがいちばんいやなんだからね、世の中には、人に気をもんでもらってもどうにもならないことがたくさんあるぐらいのことは、もうお前にだって分ると思うんだけど……。いまにお前自身の上にそういうことが起るようになりますよ。考えようでは、今度のことだって、お前はお前の立場で堪えていくより仕方がないんだからね……」

「……分りましたわ、お母さん。……私、もう休みますから……」

「ああ、お休み」

ほんとうは、ゆみ子は、理屈もなく母の膝の上にワッと泣き伏したかったのだ。だが、ポツンポツンという爪弾きの音が、冷たく意地わるく、ゆみ子のそうした気持をはねつけてしまったのだった。

ゆみ子は自分の部屋に上がって、床の中に横たわった。電気スタンドの乏しい光が、水色の麻蚊帳の色をボンヤリと浮き上がらせている。と、二、三滴の涙が、目尻からポロポロ口滴り落ちて、頰を濡らした。

（可哀そうな父！　……気の毒な父！　……）

まるで思いがけない切実な感情が、たぎるようにゆみ子の胸の中に湧いてきた。なぜだろう。夫に裏切られた悩みを、爪弾き入りで語る冷酷な母に対する反感であろうか。それとも、女同士というものは、親子であっても、ギリギリの押しつめられた立場では、理屈なしに反撥し合うものなのであろうか……。

（可哀そうな父！　……気の毒な父！　……）

階下では母親が、何事もなかったように、小唄のおさらいをつづけていた。

〽一と声は、月が啼いたかほととぎす　いつしか白む短か夜に　まだ寝もやらぬ手枕や……

そういう文句を夢うつつの間に聞きながら、ゆみ子の若い肉体は、いつしか深い眠りにおちていった……。

＊

それから三日目、ゆみ子は学校の帰りみち、大井町線の九品仏駅で下車した。商店街を通って、三つ目の角を左に曲った。少し行くと、両側はひばやつげの垣根をめぐらした住宅地になっており、次の角から二軒目の門柱に「相沢」という標札がかかっていた。あんまり近い、あんまり明らかな場所なので、ゆみ子は面喰らってしまった。そういう女の住っている家は、人目を憚(はばか)った目立たない所にありそうな気がしていたからだった。そして、ここへ来るまで、ゆみ子には、相沢とも子を尋ねようというハッキリした意志がなく、家だけでもそれとなく見ておこうという気持だったのであるが、家が造作なく見つかったので、張り合いがぬけて、つい会ってみようかしらんという危ない希みをそそられた。

その家の垣根は、土台を大谷石で築き、上に土を盛り、丸く刈りこんだ沈丁花やさつきを植え並べて、体裁よくつくられてあった。家は小ぢんまりした二階建てで、台所口には、牛乳箱や郵便箱などが下がっており、「××新聞お断わりします」という貼り札なども出ていた。つまり、この家でも、普通の生活が営まれていることを示しているわけだ。

ゆみ子は、胸の動悸をおししずめるようにしながら、その家の前を二度ばかり往復してから、思いきってつかつかと門の中に入っていった。玄関のガラス戸をあけると、狭い土間の半分ぐらいを塞いで、緑色の新しい乳母車が置かれてあり、上がりがまちの障子があいていて、居間の一部と植え込みのある庭が見とおされた。どこも手入れがよくゆき届いている。

「ごめんください」と、ゆみ子は思わず、必要以上に高い声で言った。少し慄えてるようだった。

「はい」という男の声がして、奥の座敷から、青いうす手のウールの開襟シャツをつけた青年が出て来た。額のひろい、整った顔立ちで、陽やけした皮膚の色や、強い光の目や、ひきしまった口許に、男らしさが溢れていた。入口を塞ぐぐらいに背も高い。そののっぽの青年が、ゆみ子を見ると、玄関の畳にキチンと膝を折って坐った。子供じみて、少しおかしかった。

「あの、相沢とも子さんのお宅はこちらでございましょうか……」

「そうです。姉はちょっと出かけましたが、もうまもなく帰る時分です。……貴女はどなたでしょうか」

「私──」と、ゆみ子はそこでちょっと呼吸を呑んで、

「私、桑原次郎の娘で、ゆみ子と申します……」

「桑原──ゆみ子──」

青年は青白い微笑をチラッと見せてから、急に硬ばった顔をして、ゆみ子をまっすぐに見つめた。身体の構えも、しぜんに肩肱を怒らし、敵意を示すようになっていた。

「僕はとも子の弟で宗雄と申します。……お断わりしておきますが、僕はこの家に住んでる──ハッキリ言うと、姉に便乗して貴女のお父さんの物質的な援助を受けてるわけではありません。親の脛を齧って、学校に通っているんです。たぶん貴女と同じように……。姉はいま、家から勘当みたいになっていますが、僕は昔から姉と気が合っていましたし、

ときどきこうして遊びに来るんです。といっても、家には内証ですし、この家で貴女のお父さんと顔を合わせたこともありません。……ところで、姉にどんな御用件ですか?」

いきなりしゃべりまくったことで、いくらか気がはれたのか、宗雄と名のる青年の言葉も顔も、しだいにやわらいできた。

「べつに用事ってございません。このごろ、ここにお住いになってることが分ったものですから、家だけでも見ておきましょうと思って来たのですが、つい中に入りたくなりまして……」

「ほんとに用事がないんですか?」

「はい」

「いまでも、姉に会ってみたいと思いますか?」

「はい」

「それではお上がりなさい。貴女がここに訪ねて来たことが、お家の方に分っても、その責任は貴女だけにあるんですよ」

「はい。私は二十二歳で選挙権がございますから……」

「立派ですな」と、宗雄は苦笑した。

ゆみ子は座敷に通された。八畳の部屋で、よく整頓されていた。戸棚や本棚など趣味のいい家具が置かれ、本棚には文学書類がギッシリ並んでいる。壁にはセザンヌの複製と弥勒菩薩の写真が額にして掲げられてある。縁側の壁際にはミシンがあり、座敷につづいた納戸らしい部屋には、ホロ蚊帳が据えられて、中で赤ン坊が眠っているらしかった。軒下の物干し竿には、おむつが五、六枚、乾いて下がっていた。

宗雄は寝転んで本を読んでいたらしく、枕があり、そばに英語の工学雑誌のようなものが伏せてあった。机の上に大学の帽子が仰向けに載っており、どういうわけなのか、その中に齧りかけの青い林檎が一つ入っていた。

「どうぞ」と、宗雄は麻の座布団をすすめた。

「そうだ。これは片づけておきましょうかな。ついでに、瓜田に履を容れずだからな……」と、ひどく無神経なようなことを言いながら、枕を入れるために押し入れをあけた。中には、真新しい派手な模様の寝具が、キチンと折り畳んで積み重ねられてあるのが見え、それがゆみ子の胸を息苦しく圧迫した。

「僕はね、桑原さん、姉のことをいちばんはじめに聞いた時、姉の一生を金の力で狂わせてしまった貴女のお父さんを、木刀でめちゃめちゃに敲きのめしてやろうと思ったものでしたよ」

「どうしてそうしませんでしたの？」

「姉と話してるうちに、お父さんが意識して欺したわけでないことが分ってきたからです。つまりお互いに好きになったんでしょうね……」

「それで済まされることなんでしょうか?」

「だからいま、二人は世間の復讐を受けているわけなんでしょうね。世間の常識に背く者は、世間と闘いぬかなければならないんです……。貴女やお母さんは、姉をさげすんでいたでしょうね。僕がお父さんに対してそうだったように……」

「私はそうでした。つい、さっき、門前をうろついている時でも、家庭の平和にヒビを入らせた張本人として、お姉さんを軽蔑していたかも知れません。でも、いまここで、貴方の立場を聞かされて、私の感情的な物の考え方は全然誤っていたことが分りました。もし、いいわるいを論じることになれば、年長者である父のほうがずっと分がわるいことも……。

でも、私の母はちがいます。お会いしたことはないんだけど、貴方のお姉さんは、すべての点ですぐれた方にちがいないと言いきっております。それがちょっと、冷たい態度なんですけど……」

「ふむ。それは新しい発見だな。姉の問題で、一と言もお父さんにおっしゃらないという話は聞いてましたけど、まさかと疑っていたんですが……。そういうシンの強い人なんですね、お母さんて……。貴女のいまのお話と思い合わせて、分るような気がします」

「私、その問題で母と話し合ったのはたった一度ぎりなんですけど、そのあとで私の胸に湧いてきた感情は、どういうわけか、父が可哀そうだ、父が気の毒だ、という調子のものでしたわ……」

「ハハハ……」と、宗雄はむせるように短く笑った。そして、目をいきいきと輝かせて、

「僕はそういう人が好きだな、好きだな。貴女の感じ方がたぶんほんとなんだ……。でも、貴女のお母さんは一体どうするつもりなんだろうな？」

「父がいまの生活をどう動かしていくか、父が何か目に見えないものに追い立てられて、いまの生活を変えていかなければならなくなるのを待っているつもりなんですわ……。よその奥さんたちのように、この問題で父をギャーギャー責めたてることは、父の気持に排け口を与え、父の負担を帳消しにしてしまうことだと言ってるんです……」

「くそばばあめ！　……やあ、失礼！」と、宗雄は頭に手を載せて首をピョクンと縮めた。

「貴方だって、母をわるくおっしゃるわ。でも、そんな言い方をなさらないで……。母だって寂しいにちがいないんですから……」

「貴女は……僕の予想とはまるでちがった人だな。すなおでいいや。……貴女がたの仲間ね、ふだん悪党ぶった口を利くの、はやってない？」

「はやってますわ。世の中を逆立ちして歩いてるようなことを言ってますわ。でも、そんなもの、ちっとも実生活に鍛えられてない、観念的なおしゃべりにすぎないのじゃないかしら？　今度のことにぶつかって、私、自分の滅入り方を反省してそう思いました

わ……」

「それでもいいんですよ。ウソからまことが少しずつ出て、世の中が進歩していくんだから。ところで、僕らの仲間でも悪党ぶるのが大はやりでね。その一人が――僕の親友ですよ、そして姉のことも打ち明けてあるんです――『おい、その重役野郎には、K大学に通ってる一人娘がいるってえじゃねえか。そんなとこの一人娘なんて感じのわるいスケ（女の隠語）にきまってるんだ。お前ひっかけてメッチャクチャにもてあそんでやれよ。それで両家はおあいことというものだぜ。それになあ、この筋書は、ちょっとした悪党小説のネタになるぜ。やれよ』こういうんですよ……」

「まあ……」と、ゆみ子は顔をこわばらせてうつむいた。

しかし、相手の露骨な言葉が、ひどく爽快な精神に裏づけられていることを、感じとるだけの余裕はあった。その余裕の中で、ゆみ子は（私がアメリカの娘だったら、ここで相手の頬っぺたをピシリと張るんだっけ。そして、そういう時の平手打ちは、決してあとまで根を残すことにはならないんだっけ……）と考えることもした。

その時、玄関の戸があいて、

「ただいま」という女の声がした。

「姉ですよ、いいですか」と、宗雄は小声で言って、片目をパチパチさせた。

「お客さん、どなた？」

「うん、めずらしい人だよ……」

「誰でしょう?」と、派手な柄の縮みの単衣に、朱色の博多帯をしめた、姿のいい若い女が、買い物の包みを抱えて、部屋の中に入って来た。そして、座布団から下りるゆみ子を見ると、自分も畳に坐って、内から溢れるような微笑を湛え、ゆっくりした言葉つきで、

「あら。いらっしゃいませ。……私、貴女がどなたか当ててみましょうか? ゆみ子さんですわね。ゆみ子さんでしょう……」

「チェ! 自分の好きな人に似てるもんだから、すぐ当てやがった。面白くもねえ……」

と、宗雄は無造作に立ち上がり、

「僕、赤ン坊を車にのせて、お寺の境内でも散歩してくるからね。女同士でしみじみと泣き合うがいいや。僕がちょっとの間テストしたところでは、そのお嬢さん、姉さんの髪をつかんで曳きずりまわすようなことはしそうもないから、安心していいよ……」

「趣味のわるいことばかし言って……。すみません、お嬢さん」と、相沢とも子は口先だけは詫びたが、ニコニコ笑っていた。

宗雄は、次の間のホロ蚊帳をはねのけて、白いベビー服に包まれた赤ん坊を抱え上げた。一緒に予備のおむつもたずさえたところをみると、赤ん坊のお守には相当慣れてるのかも知れない。

「宗雄ちゃん、その子、ゆみ子さんのお目にかけた?」と、とも子は、そばをすぎる弟を

見上げて言った。

「いや。そんなの、新派悲劇だよ、愚劣だよ、対面しないほうがいい……」と、宗雄は剣もほろろで玄関に出ていった。

「そうかしら……」と、とも子もあとについて行った。

まもなく、乳母車を曳き出す音がして、とも子は座敷に引っ返して来た。

「まだ御挨拶もいたしませんで……。私、相沢とも子でございます。……名前を名のるのが精いっぱいで、ほかには御挨拶の言葉もございません」

「私、ゆみ子でございます。私こそとつぜん上がって……。ただ、家を見ていくつもりでやって来て、ついフラフラと上がりこんでしまいましたの」

「ようこそ——と言ってよろしいものなのかどうか。でも、お目にかかれて嬉しゅうございますわ。……冷やした西瓜を召し上がりますわね。ちょっと失礼します……」

とも子は、台所に下がると、大きなお盆に、西瓜の切り身やおしぼりなどを載せて運んで来た。やり方が手早くキチンとしている。

「弟は口がわるいので、面喰らいませんでしたか？」

「いいえ、気づまりでなくて、かえって助かりましたわ。……学校は工科なんですか？」

「ええ、エンジニア志望です。わりと出来はよろしいんですよ。玄関から、オメカケさんいるかい、なんて入って来たりするんで困ってしまうんですけど、私とは昔から仲がよかったんですのよ……」

「そう言われたんじゃ、誰だって、メソメソできませんわね……」

二人は西瓜を食べ出した。口を大きくあいて、頬や顎をベタベタ濡らすと、ゆみ子は、不思議とくつろいだ気持になった。

「あのう、相沢さん、どうして父を好きになりましたの？」

「だって……」と、とも子は困ったように微笑した。ひどく色っぽかった。

「お父さまはとっても魅力があるんですもの。ホホホ……」

「こんなことを言ってごめんなさい。私には、年とった男の人に愛情を感じるということが考えられないんですけど……」

「私だって、観念の上ではそう考えておりましたわ。ところが、じっさいにお父さまとお会いしてるうちに、そういうものでないということが分りましたの。……それはですね。お父さまはお金持だし、私がお父さまに較べて、常識的には不釣り合いに若いということは事実なんですから、私が自分の若さをお金でお父さまに売った、お父さまは買った――という世間の見方は否定しきれませんけど、決してそれだけのものでないということを、少なくもお父さまと私だけはよく知っております。このごろは宗雄も分りかけてくれるようですけど……。私は貴女やお母さまの立場をなにも考えないで、私の側からだけの気持を申し上げてるんですわ。そのほかには、私には、口の利きようがありませんから……」

「でも、どうなるんでしょうね、将来は……」

「さあ、いまのとこは分りませんわ。しかし、そのうち何とかなりそうですわ。このままですませられるはずがありませんから……。ゆみ子さん、今になってみて、私は、人間には二つの倫理があるんだと思ってますわ。近くで物を観る場合と遠くで物を観る場合と――。私は、お父さまを好きで、お父さまは私を――。私どもは身近なそれだけのことしか考えず、こんなことになったんですが、それにはどこか考えの足りないところがあったんでしょうね。なぜって、私どもの場合は、自分たちだけには納得がいく行為だったはずなのに、結果は、こうして社会の秩序の上から浮き上がった生活になっておりますもの……。ときどきは、矢もたてもたまらなくさきのことが不安になって、お父さまの子供を数かぎりなく生んで、自分をお父さまにしっかと結びつけてしまおうと考えたりしますわ……」

「……あの、なぜあなたは、父を自分だけのものになさらないんですの。貴女の信念に自信がおありでしたら……」

ゆみ子に無造作にそう言われると、とも子は奇妙にさびしげな微笑を浮べて、

「私はお母さまやゆみ子さんを愛していらっしゃる家庭の主人としてのお父さまが好きだったので、お父さまが家庭を壊すような――じっさいはもう壊してしまってるのかも知れませんが――お人柄だったら、私はお父さまを好きになれなかったかも知れませんわ。

……お父さまはいつだって、奥さまやお嬢さんのこと、それから御自分の家庭のことをほこりにしていらっしゃいましたわ……」

そういう父に惹きつけられたということは、矛盾してるようで、じつはより微妙な筋道が通っているんだということを、ゆみ子はまだ稚い女心で理解することができた。そして、身体を慄わせて熱い嘆息を洩らした。

と、隣の赤ン坊が寝ていた部屋で、ククー、ククーという頓狂な物音が聞えた。壁に寄せた子箪笥の上で、子供向きのデザインの、もうだいぶ古びた鳩時計が時を告げたのだった。

「あら、あの時計——」

「ええ。お父さまが、これは長く貴女のお部屋に置いてあったんだけど、もう貴女が大人になったからって、おもちくださったんですわ。あれが鳴ると、赤ん坊がたいへん喜んで、自分も声をあげて、何か言うんでございますよ。……でも、いけませんでしたかしら？」

「いいえ、喜んで赤ちゃんにプレゼントしますわ……。あれ、亡くなった叔父がスイスで買って来たんですって……」

「さあ」と、とも子は、ふと少し改まった切り口上で、

「ゆみ子さん、もうどうぞお帰りください。こうして、ちょっとの間でも、貴女とくつろ

いでお話しできたというだけで、私は肩の重荷が半分下りたような気がしますわ。……でも、ゆみ子さんが、お父さまのオメカケ——宗雄の言葉ですよ——の家を訪ねて、無事にお話ししてるなんて、ひどく風変ったことですよ。世間の仕来りとちがった、風変ったことというものは、あとで必ず大きな仕返しがくることは、私どもの場合がよく証明しておりますわ。……もう二度とお訪ねくださいませんように……。お会いしてもよろしい時期がくれば、私のほうからお会いさせていただきますから……」

「はい。それでは帰ります。……私、だんだん大きくなって、今日のように、緊張した、大胆な、大人の行ないをしたのははじめてでございますわ。それがどうやら無事にできて……。私、当分それだけで興奮していると思いますわ……。ごめんください」

ゆみ子はお辞儀をして立ち上がった。玄関で靴をはいて、とも子と向き合った時、

「私、父が貴女にひかれていった気持が分るような気がしてきましたわ。……貴女って、さっぱりしていらっしゃるんですもの……」

とも子のみずみずしく成熟した美しさを、ゆみ子は「さっぱり」という言葉で形容したのである。——とも子はだまって微笑していた。

「それでは、さよなら」

「お大切に……」

ゆみ子は外に出た。さまざまな色の垣根がつぎつぎと続いていて、屋敷町は何事もな

く、ひっそりとしていた。赤犬が一匹通ってるだけで、人影が途絶えている。

（やってやったわ。私、とり乱さないで……あの青年とだって、とも子さんとだって、ちゃんと落ちついて話せたわ。私、いつの間にか大人になってたんだわ……）

ゆみ子は強いリズミカルな歩き方で、ゆるい坂道を下って行った。人が誰か彼女のそばに寄れば、タックタックという、血管の脈うつ音をききとったにちがいない。

母の姿が、意識の底の方にボンヤリ浮かび出てきては、ゆみ子の自信を脅やかした。それに対して、ゆみ子は（いいんだわ、お母さんは強いんだから……）と、言いわけがましいことを繰り返していた……。

＊

九品仏の駅についたが、ゆみ子はそこを通りこして、つき当りの、いわゆる九品仏を安置してあるお寺の境内に入っていった。宗雄が、乳母車をひいてそこらを散歩してくるから、と言った言葉が、ゆみ子の頭の奥に、小さな記憶としてこびりついていたからである。

古びた山門をくぐると、空気が急にひっそりと澱んでいるように感じられる。あちこちの立樹で、蟬が啼きしきっており、リーンという反響が、境内いっぱいに鳴りひびいていた。それが、地面の底から湧いてる音のような錯覚を起させる。

境内には、遊びにふけっている子供らのグループが三つばかり、孫をあやしながらそれを眺めている男や女の年よりが二、三人、赤い旗を下げたアイスクリーム売りなどがいるばかりで、乳母車をひいた宗雄の姿はどこにも見当らなかった。

ゆみ子は、いまの会見で、少し喉が渇いたようなので、アイスクリームを買って嘗めながら、裏側の墓地へぬける石畳の道を歩いていると、三つ並んだ九品仏の御堂の横の木蔭になった草むらに、緑に塗った乳母車が置かれてあるのを見出した。すぐそばのベンチで、汚れた足の裏を見せて眠っているのは、宗雄にちがいない。

ゆみ子は、足音を忍ばせて、そばに近づいた。宗雄は、開いた雑誌を胸に載せ、口を半ばあけてよく眠っていた。濃い眉毛がときどき動いたり、胸の雑誌が呼吸とともに上下したりするのが、眠っていても、宗雄の肉体がしごく健康であることを示していた。

乳母車をのぞくと、赤ン坊は、瞼を細く開け、うす青い目をのぞかせて、じっと外界を窺うようにしては、また瞼を閉じる――。そういうかすかな動きを、思い出したように間遠く繰り返していた。いまの赤ン坊にとって、人生とは明るい光にすぎないのかも知れない……。

それを眺めているうちに、ふと、ゆみ子の胸には、不敵な決意が閃いた。しかもそれは、思いつくと実行せずにはすまされない絶望的な性質のものだった。ゆみ子は周囲を見まわした。それから、なぜだか知らないが、まず、はじめにベンチの下にちらかっていた、宗雄の下駄をキチンと揃えた。それから、乳母車のとってを握ると、グングン押して歩き出した。小さな車輪は、石畳ではコトコトと音を立て、赤土の地面では、物を引き剝がすような響きのない音を立てた。それらの音が、ベンチで眠ってる、足の裏の汚れた大男を起しはしまいかと、ゆみ子は気が気でなかった。

墓地とは反対の裏口から、地境の並木に包まれた、ひっそりした小路に出ると、ゆみ子はホッとした。赤ン坊はもうすっかり目を覚まして、むずかって泣き出した。股ぐらに手をやってみると、おむつが濡れている。ゆみ子は、乳母車を止めて、慣れない手つきで、赤ン坊の足もとにあった新しいおむつと替えてやった。赤ン坊は女の子だった。股ぐらがさっぱりすると、赤ン坊はすぐ機嫌がなおって、歯のない口をあけて、ゆみ子に笑いかけた。ゆみ子は、前後を見まわしてから、赤ン坊をそっと抱き上げた。柔らかい重みが、快く両腕を押した。そして、乳くさい赤ン坊の匂いが、哀しく嗅覚をこそぐった。(この子にはなんの罪もない。……父も相沢とも子も母も私も、それからとも子の弟の宗雄も(捲きこんでしまえ!)大人たちはみんな少しずついけないところがあるかも知れないが、この子だけはまったく無邪気なのだ……おかしいほど年がちがう私の幼い妹――。私はいつもこの子の味方であるだろう……)

ゆみ子は、ほんの四、五秒間、歯を喰いしばって、エッ! エッと号泣した。涙が注射器で押し出すように、一としきり迸(ほとばし)り出て、とまった。

　ゆみ子はまた、乳母車を押して、今度はひどく大儀そうにのろくさと歩き出した。商店街は夕食の買い出しの女たちでにぎわっていた。ゆみ子は途中の玩具屋で、おしゃぶりを二つほど買って、乳母車の中に入れた。そして、相沢とも子の家につくと、いま駅の近くで宗雄に会うと、友人らしい青年と一緒で、そこまで急用で行ってくるから赤ン坊を家に連れて帰ってくれと頼まれたから——と、ウソをついて、さっさと引っ返した。赤い舌でもペロリと出したい気持だった。

　ゆみ子は電車にのった。座席にふかく腰を下ろして、窓の外に流れる沿線の風景をボンヤリ眺めながら、人生の大きな冒険を果したあとのような、グッタリした疲労とかすかな満足を感じていた。ときどき木蔭のベンチで眠っている、宗雄の汚れたなまっちろい足の裏が意識の中に浮かび上がってきた。

＊

　それから二日目の夜だった。

　ゆみ子は自分の書斎で、机の上にひろげた、白い書簡箋に向って、じっと考えこんでいた。家の中はひっそりとして、ときどき父親の咳をする声が聞えた。母は、奥さまたちの小唄の集りに出かけて留守なのだ。

　ゆみ子は、いったんペンを置いて、そばにある手紙をもう一度ひろげて読み出した。

相沢宗雄から来たものである。

――前略。昼寝から目が覚めて、乳母車がなくなっていることに気がついた時、僕は、柔らかい生まの心臓を爪ののびた黒い手でグッとしぼられるような異様なショックを受けた。かつて経験したことがない性質のものだった。

僕は気ちがいのようになって、乳母車を探しながら、境内のうちや周辺をグルグルと駈けまわった。人にも尋ねた。しかし、それはすべて空しかった。僕は赤ン坊がさらわれたのだと思った。そして、その殺しても飽き足りない憎い誘拐者の悪意が、ベンチのそばにキチンと揃えて置かれてあった、僕の下駄のあり方に象徴されているように感じられてならなかった。

僕は胸の中で、ワーワーと泣き叫びながら、当途(あてど)もなくお寺の付近を駈けめぐった。たまたま、二人の警察官が巡回してるのに出会ったので、僕は彼らに赤ン坊がいなくなったことを訴えた。(君はケラケラと笑うことだろう)彼らは、街の商店の電話で本署に問い合わせてくれたが、もちろん分るはずもない。

僕はガッカリして、いちおう、姉の家に引き上げることにした。姉に合わせる顔がない。木蔭で蟬の啼き声を聞きながら居眠りをすることが、こんなとり返しがたい不幸の原因になろうとは……。不幸に生れついたあの子が、人さらいの手にわたって、つぎつぎと不幸な人生を辿っていくことが想像されて、僕は自分が死にたいぐらいだった。僕はあの子を愛していたのです。姉よりも強いかも知れない愛情で——。

貴女は一体、なんの恨みで僕をこんなショックの中に投げこんだのか。単なるいきちがいでないことは、貴女が姉に言った、ふざけきった報告でも分る。赤ン坊の枕もとにあった赤いおしゃぶりも、キチンと揃えられてあった下駄と同様、墨汁のような貴女の悪意を示す以外の何物でもない。

僕は烈しい憤りに駆られた。貴女が卒倒するほどぶん殴ってやっても、その憤りの半分も解けはしないだろう。もし貴女が、貴女のお父さんと僕の姉の問題で、ある鬱憤を僕に向ってはらすために、あんな悪質な愚行をあえてしたのであれば、それはとんでもない筋ちがいの話だ。恨みたいのはこっちのほうなんだから……。

ともかく僕は貴女を許せない。ああいう、心臓を乱暴につまんでゆすぶられるようなショックというものは、人間がめったに経験するものではあるまい。僕は貴女を許せない。そして、どうしたら貴女に復讐ができるか、僕はそうした敵意で針ねずみのように、いっぱいにふくれ上がっているのです……

手紙はまだつづいているのだが、そこまで読むと、ゆみ子はかすかな青白い微笑を浮べ、促されたようにペンをとって書き出した。

相沢宗雄様。

お手紙拝見いたしました。貴方を驚かせて申しわけありませんでした。わるかったと思います。でも、そう申しながらも、貴方が「生まの心臓を爪がのびた真っ黒い手でつかまれるようなショックを受けた……」と書いてある所を読んで、私は、私の胸の奥底で、かすかな満足に似た気持を感じていた事実を隠そうとは思いません。それがどんな心理なのか、私にも分りませんけど、私は貴方に対して、自分の思ったことを正直に述べなければならない義務を感じております。で、もう一度ハッキリ言いますと、私は貴方のお手紙で、貴方がたいへん悩んだことを知って、ああよかった、とたしかにそう思ったのです。

ああ、貴方の凄まじい平手打ちが、私の頰っぺたに雨あられと降ってくるのが感じられる気持です。

九品仏の境内で、貴方がベンチで昼寝しているそばに立った時、どうして私の心の中に、乳母車をさらっていこうという突然の決意が湧いたのか、それは私にも説明できません。父と貴方のお姉さんの問題で、貴方に八つ当りする気もありませんでしたし、貴方の妄想の中で「ひっかけられて、メッチャクチャにもてあそばれた」仕返しをしようという気もありませんでした。ただ、一途に、ひたむきに、絶望的に、それをしたくなっただけのことなのです。

乳母車を盗んで境内を出てから、私は、堤の並木に沿った小みちで、赤ン坊のおむつをかえてやりました。ああ、赤ちゃんの股ぐらが私と同じ女性であることを見出した時のひそかな、熱い親密感！（男の貴方などには分りっこない）それから、私は赤ン坊をそっと抱き上げました。その瞬間、私は、赤ン坊と私は同じ血を分け合った姉妹であることをハッキリ感じさせられ、ほんの四、五秒の間でしたが、私は歯をくいしばってエッ、エッと泣きむせんだのです。貴方のようにチンピラな叔父さんなどより、赤ン坊は、私のほうにはるかに近い人間であり、私は一生、この子の味方になろうと、その時、決心したのです。――さあ、これで貴方の憤りの三分の一ぐらいは消え去ったでしょうね。なにしろたいへんな人情悲劇ですから……。

いまは夜。母は奥さまたちの集りに出かけて留守です。父は下の座敷で謡曲をうなり出しました。ひどく元気のない調子です。こう謡っています。

〽……げにや一樹の蔭にやどり　一河の流れを汲むことも　みなこれ他生の縁ぞかし
あからさまなることながら　馴れてほど経る軒の草　忍ぶたよりに賤(しず)の女(め)の　目に
ふれなるる世のならい　飽かぬは人の心かな……

あれは「小督（こごう）」という曲です。そして、父はよっぽど疲れているのでしょう。謡い方に力がなく、陰々滅々として、そのままあの世にリズムが通じているような気がするほどです。可哀そうな父、気の毒な父……

ゆみ子はそこまで書きかけるとペンをおき、縁側に出て、籐椅子に腰を下ろした。窓ガラスごしに降るような星空が見える。ゆみ子は、両手を後頭部に組んで、胸を張って星の瞬きを眺めた。すると、昂然と胸がたかぶってきた。

たった一度ぎり会っただけの相沢宗雄の幻影が、強い素描の線で、ゆみ子の脳裡に、鮮明にやきつけられていた。それに較べると、毎日学校で顔を合わせている八代清一や川又計介など、水彩で描いたように淡い印象だった。そして、若いゆみ子は、こんな形で、父の恋愛問題に娘の自分が介入していくことが、どんな重大な結果を齎すかも知れないことを、冷静に計算する知恵を持ち合わせてはいなかった。

父親の謡曲の陰気なリズムが、いつ果てるともなく、ひろい無人の家の中に流れていた。

雪景スナップ

スロープのいただきに両杖(ストック)が疎らな柵のようにザクザク突ったっていた。赤いジャケツや青いセーターの干し物場だ。

素晴らしいお天気である。山いっぱいにキラキラしい光りの粉が氾濫している。傾斜面のもりあがったひろがりにスキーヤーが蟻のように群れうごめいていた。男、女、子供——誰もがここへ馳けつけるために老人たちを雪囲いの薄暗い家の中に閉じこめて、入口を釘づけにして来たのだ。この親不孝者たちは一つずつ耳を抓(つね)って罰するがいい。

ジャンプ台にたかった中学生の一団が、シャツを雪の上に投げ出し、半身真裸になって跳躍の記録をとっていた。女学生たちは羞恥を忘れて仰向けに地面に寝た。寝床の中でだってこんなに思いきって足をひろげていたら一人でに顔が赧く染るだろうに。……はるかな、青い、眩しい空。口を結んで美しい横顔だけを見せている人のような気がする空。そこからは、白金色の情熱が数知れないゴム毬のように落下し、はね上がり、眼をつぶってその打撃に身を委せていると、スーッと地底へ引き込まれるように呼吸がうすくなる。喉が渇いてたまらない。彼女らは無暗に雪を握って食べながら母親ゆずりの唯物思想を愉快に忘却する。

英子は辷る。適度に踏み固められた雪の反撥が肩先のしまった肉壁に拳のようにぽんぽん弾む。飛ぶ！　飛ぶ！　英子は小腰を屈めて大きくスイングをつけた。自分の肉体をかくも大胆に享楽する方法は他にないと言ってもいい。斜面が過ぎる。英子はいったん真っ直ぐに伸びてから、思いきって前後に足を開いて急回転の姿勢をとった。が、腰がけだるくしびれていて上半身を支えきれず、両手を二、三度空（くう）に泳がせて自分から地面に身を投げ出してしまった。もっと痛くって、冷たいといい！　その瞬間、シューと切るような短い風が頭のすぐそばを掠め去った。危ない！　中学生かしら？　じっと眼をつぶる。白い薄毛のジャケツにつつまれた胸が強健な生物のように呼吸した。喉の血管が生々しくふくらむ。

眠い、私は疲れたんだ。……あの人はどこを辷っているかしら。私みたいにあの人も私のことを始終気にかけながら辷ってるんだといいけど。……牛みたいな人。何だってあの人は口を利かないのかしら。眠い、私の腟が、股がいちばんねむがって、勝手にヒクヒク痙攣を起している。……私は二度恋した。そのたびに成長した。あの人だっていつかは私の思い出帳（スーブニール・アルバム）の一ページにすぎなくなるかも知れないけど、今は、がっしりした煉瓦塀のように私の鼻先をふさいでいる。私はそれを鶴嘴やなんぞ用いず、私のやわらかい指先でぶちこわさなければならないのだから、難しくって頭が痛くなる。女って、あるときには興ざめるほどふてくされだけど、別のときにはかわいそうでたまらないこともある。今の私は少し狡くて、とてもとても可愛らしい……

ザクザク足音がした。英子は、自分の肉体が基督教徒に喜ばれそうな殉教的な姿勢で雪に埋っていると考えたので、眼をつぶったまま動かなかった。頭の真上で強い呼吸がした。

「どうしました、ひどくぶったんですか」

あの人だ！　英子は眼をあいてうすく笑った。人間の顔を初めてこんな角度からみる。空のうす青い茫とした遠景に不似合いな、大きな、汗ばんだ男のあから顔が、脂のような実感を滲ませて空間を幅広く占領していた。

「いいえ。ぶちはしませんけど。休んでましたの」

「風邪ひきますよ」

男は杖で雪をサクサク突いた。そして、英子のあけひろげな全身に、当惑したようなほそい視線を走らせた。英子はそれを感ずると急に舌がやわらいだ。

「私、松山のスロープを一度辷りたいと思うんですけど、一人じゃこわくて行けませんの……」

「貴女じゃまだ辷れません」

男は銅鑼のような単調な声で答えた。

「転んでも一度辷ってさえみれば満足しますわ。ね、貴方一緒に行ってくださらない……?」

「――行きます」

英子は小兎のようにはね起きた。と、男の足もとに転がっていたときの甘ったれた気持が、塩のように冷却してしまった。寝てればよかった。そしてもっと喋るんだった。――英子は鎧のような男の胸に目をさまよわせて、短い、烈しい後悔にしたたか鞭うたれた。

山裾の櫟林をぬけて松山の方へ平地滑走する。英子は、男が背中にしょった無言の厚い壁をみつめて、ぶざまな走り方で、懸命に後を追った。感情を喪失した熊のような人。だけど私は泣きはしない、泣きはしない、いくどもそう思った。

柔らかい処女雪が二人の後にくっきりした四条の線を印した。右手にそそり立った崖の急斜面が、陽にぬくめられて、巨大な白い獣のようなつやを放っていた。なにかのはずみで、いただきや中腹から小さな雪玉が転がり出すことがあった。途中で止るのもあり、下まで転げるのもあり、そうして出来た鮮やかな条痕が、斜面全体に壮麗な縞模様を太く描いた。目覚めるように美しい観物だった。

「まあ――」

英子は男の背中の重圧から一瞬解放されて、この小さな雪崩の美に心を奪われた。

「あれですか。お天気の日にはいつもあんなに転がりますよ。もっと……三坪も四坪も大きな奴が土がみえるほどドシンと崩れ落ちることもあります……」

つまらない！　と言いたげの口吻（くちぶり）だった。英子は内輪な敵意を抱いて、その言葉が聞えないかのように斜面を見上げて立ちつくした。男は重タンクのように無口に確実に前進した。

あの人は屠殺人になるとよかったんだ。森林技師だなんて、あの人に樹を愛する心が涙ほどでもあるものか。……英子は、うすい唇をつき出して、訳もなく滲み出た塩辛い涙の粒を吸いとった。ふと見ると、男の姿が崖の端を小さく曲るところだった。ばか、ばか、ばか……。口汚なく罵り散らしながら、英子は、家鴨のように腰をふって男の後を追いかけた。キッキッと雪が足許で笑った。いらいらしい含み声で。赤い三角帽子の尖につるした毛糸の玉が陽炎のように踊った。

男は、松山のいただき近い急斜面を真っ直ぐに餇いのぼっていた。麓に両杖（ストック）がつきさしてあった。そのあたりの雪がかき乱されてあるのは、男が英子を待ちながら何か字をかいてそれをかき消したものらしかった。消さなければならないどんな字をあの人は書いたのか……。ともかく、英子にそこにある両杖を貸すからそれにすがって上って来いというのだ。杖は英子の背ぐらい長かった。それをなにか頼もしく握って、英子は、み上げる急勾配を男の足跡を辿って開脚登行で上り始めた。

男は坐って、憂鬱な顔で煙草をふかしていた。紫色の煙が、うす青い空気の中にきれいになびいた。

「暑い、暑い、……捨てられて、私、一生懸命に急いだもんだから……」

英子は男のすぐそばに崩れるように坐って、帽子で顔を拭いた。汗ばんだ肌の匂いが、自分にもわかるほど長い時間かすかに匂った。

「失礼。私はここの景色を一人ぎりで見るのに慣れていたものですから……。よくついて来られましたね」

「貴方、杖をたてといたところの雪に何か字をお書きになったでしょう。消し忘れて字が二つ残ってましたわ。手、という字。それから、生、という字」

「手相と書いたのです。生という字は何だったか忘れました」

男は陰気に答えた。

三方に、白くもりあがった山また山が層々と連なっていた。斜面の方だけ狭くひらけて、そこには流れや村や林を点綴（てんてつ）した雪原の眺めが額縁絵のように小さく嵌めこまれていた。空と、国境の連山とが話しかけるように二人の身近く迫るのが感じられた……

女が自分だけの思念で充実しているとき、男の存在は単に厭わしいだけのものにすぎない。手相だなんて、この人の頭にはなぜそんな愚かしい考えが浮んだのであろう、この人の鼻は子供の握り拳みたいに大っきい……

山の空気は青すぎた。谷間から匍い上る静寂は、一つの意識を含んで、二人の身辺を徘徊した。そしてこの無技巧な平明な明るさ——。英子は客間で育った。シャンデリヤと人々の無意味な笑い声と花と——。それがなければ英子の心は蝸牛のように際限なく萎縮する。汗がひいて青ざめた顔、鳥肌だった全身、その醜さを英子は寒く棄て鉢にひしひしと感じた。

男は底光りのする陰気な眼差で英子の身体を無造作に眺めまわした。

「私は時々こんなことを考えます。無口な——一と言も意味のある言葉を言わない、無口な、そしてひどく烈しい恋愛がないものかどうかと」

「ありません。恋愛も友情も素敵に頭のいいお喋りにすぎないのですわ」

「ある、と思うのです。僕がこんな考えをもつようになったのは僕の勤めのお蔭なのです。僕が山役人になったのは、二十歳のころからでした。ピストルをいれた皮袋を腰に下げ、重いリュック・サックを背負って夏も冬も人気のないシンとした山ばかりを歩いて日を送ったのです。僕が見るものは、何千年も経た逞しい杉の幹や、濡れた青苔、子供の背丈のようにのびた蕨やぜんまい、毒々しくもりあがった青黒い緑の堆積です。時には一里も二里も青空を見ることが出来ないうす暗い密林の中を、自分の足音に脅かされながら歩くこともありました。私は言葉を忘れかけました。口の筋肉が少しずつ固くなりかけたのです。そしてあべこべに鳥やけものの言葉がわかり、ねじけた樹木や毒草や、そんなものの意志が私に蜘蛛のように静かに匍いよってくるのが感じられたのです。私は四方から私に迫る荒々しい静寂に耐えきれないでピストルを打ったこともあります。山の原始悪に満ちた魂に自分も浸ろうとして、小鳥を石で射落し、毛をむしって生まの肉を平気で食べたこともありました。けれども私は私の若さを殺すことが出来なかったのです。私が私の青春時代を気ちがいにもならず山の生活に耐えることが出来たのは、私の心にふだんに燃えくすぶる根強い憎しみがあったからです。私は、街に着飾って住む若い男女を一人残らず殺戮する野望を冷たく胸に抱いて、山の小径や深い谷底を歩いたのです。無言の恋愛、一と言も意味のある言葉を喋らない沈んだ暗い情熱の恋――。この考えがそのころから私の心の片隅に毒茸のように憂鬱な姿を現わしたのです。私は山の炭焼き小屋に住んでる夫婦者が、時々理由のない烈しいなぐり合いを演じているのをみかけました。女は黒い爪と歯とが武器です。猿のような鋭い悲鳴と罵声とをあげて男にくみつきますが、とうとう押えつけられて、立ち木に縄でしばられてしまうのです。男は顔中掻き傷の血を滲ませて、低い嚙みつくようなうめき声をたてて、無抵抗状態にある女房を無暗になぐりつけるのです。初めてこのありさまをみたとき、私は私のピッケルを振りあげて女を救いに突進しました。ところが、男は驚いたふうに打つ手をやめて私の顔を眺めるのでしたが、女は歯を白くむき出して、今までとは別な唸き声を発して私を憎々しげに睨みつけました。私に去れというのです。後で知りましたが、この血が滲むなぐり合いが彼らの恋愛なのです。言葉のない恋愛――私がひそかに求めていたものはそれに近いもの、あるいは正確にそれなのです。

私はそのとき以来、私の飢えを暗くじめじめと成長させ、一方私の汗、私の脂肪、私の髪の臭いに引きつけられる女を、気長に、陰険に待ちました……」

「ホホホホ……。貴方はきっと一生待ち呆けを喰わされますわ、そんな野蛮な……」

英子は必死で嘲笑しようと試みたが、それは惨めな哀願にしか聞えなかった。

「そうです。野蛮です。僕は天日を仰げない背徳漢か、でなければ二歳の豹のように素晴らしく健康なのです。貴女は私に蹂躙されたがっているのだ。貴女の身体の底知れぬ深みから私を呼ぶ悲痛な呼び声がかすかに絶え間なく聞えてくる。貴女は私のものだ！」

男は女の肩をつかんだ。英子は紙のように青ざめてその手を払いのけた。

「嘘です、嘘です、私は貴方を嫌いです、嫌いで、嫌いでたまらないのです……！」

「おお、その呼び声です。私は酬いられた。貴女は私のものだ！」

男は立ちあがって英子の逃げ道を塞いだ。英子は杖で男の頰を打った。初めて人を打つ。驚愕と歓喜と絶望と。それらを包む霧のようにうすい満足感があった。突然、英子は鋭い叫び声をたてて山の木霊を呼び起した。防ぐように、待ち設けるように両手を高くかざしながら。男は顔を歪めてクシャミを一つ洩らした。だがその次には恐ろしく真面目くさった様子で、スキーをつけたままの英子を楽々と小脇に抱えた。そして英子の大胆な狂喜にかすかな嫉妬を感じながら、雪煙りをあげて深い谷間に辷って行った。

紫外線がさんさんと無人の山頂に降った。

自活の道

父が転任の日、まゆ子はさし迫った二学期の試験の準備に追われて寄宿舎に残っていた。一週間ばかりすると、父から葉書が来た。

前略。試験で大変だろう。がんばってくれ。今度の村、山もあり温泉も湧き、校舎も住宅も新しくて住み心地は申し分ない。まゆ子向きのスロープも所々にあり、皆々朝晩温泉に浸ってポカポカと暮している。お帰りを待つ。

がんばってくれ、というところに舎監の牧村先生がわざわざ朱線を引いて渡した。まゆ子はお部屋に帰って、明日の歴史に齧りついている貴島ヒデ子にその葉書をみせ、

「この休み、スキーを担いでぜひいらっしゃいね」

と誘った。ヒデ子はそれに答えず、葉書を火鉢にかざしてしばらく黙読した。

「いいわね。貴女のお父さん、いつもお友達みたいなお手紙書いて。……貴女、お父さん

と何でもお話し合う?」

「するわ。だって私のところは親がさきになっていろいろなことを言い出すんですもの。ホラ、いつか櫛本さんと高等学校の生徒のこと新聞に出たことがあったでしょう。春休みのちょっと前だったわ。家へ帰るとね。お父さんとお母さんが真面目な顔をして二人並んで坐ってる前に私を呼びつけて、

『まゆ子、お前ラブということを考えるか』ってお父さんがきくの。

『考えやしないけど小説で読むの好きだわ』って私が答えると、

『書物や活動写真で少しくらい学んでおくことは必要だが、実行はいかん。いかんというのはお前が独立して生活を営むことができるまではいかんという意味だ。一人前の口すぎができもせんうちに一人前の自由を要求するのは間違った話だからな。あり余ったお金持の子供ならともかく、わしらのような貧乏暮しでは、どうでも自活の道を講ずるというのがあらゆることの先決問題だと心得ておけ。先ず義務を果す、しかる後に正しい権利を行使する自由が生れるのだ。どうだ、異議があるか』

『ありません』

するとお母さんがそばから口添えして言うの。

『お前のきょうだいはみんなずっと年下だし、そのうちにはお前に家計の一部を助けてもらわなければならないようになるだろうから、今日からはお前を大人扱いして、何でも打

ち明けたお話をしますが、ほんとを言えば私たちも恋愛結婚したのです。お父さんも私も貧乏暮しの中に育ったのですから恋愛とはいっても世間の人たちみたいに華やかなことは何もなかった。万事控え目につつましく、双方の親の諒解を得るまでは、私たちだけの意志で自由勝手にふるまうということをしなかったの。その代りには世間によくあるように結婚してからいやになったり、わがままをし合うというようなことがなく、今日までまあどうにか無事に暮してきました。——お前もしっかりしてください。当分は二部の試験に及第して先生になることよりほかに自分の仕事も楽しみもないものだと思ってね』『はい！』って私、元気に答えたの。少し寂しいような気がしたけれど、親が苦しい中から私を学校に入れてくれてることがわかってますからいちいちもっともだと思ったんです。——そのときから両親は私を大人扱いして何でも真面目に話してくれるようになったの。面白いことがあったわ。お休みが済んで寮に帰ると、牧村先生が室長だけを一人ずつ舎監室によんで、休暇中の作業をお尋ねになったの。私何も話すことがなかったから、その話をペラペラと喋ってしまったの。すると牧村先生はホーッと嘆息をつかれて、『じゃあ私はもうラブする権利がある訳ね』ってあの強い近眼を眼鏡の奥からキラッと光らせて冗談めかしておっしゃるの。何だかさびしそうだったわ」

昼前から無味乾燥な紀元やら片仮名の地名人名やらをむやみに頭につめこみにかかって屈託していたまゆ子は、喋り出すとサラサラ気分がほぐれるので、いい気になって一気呵成のなめらかな雄弁をふるった。ヒデ子は頷きながらお了いまで聞いてたが、話の半ばから何か別のことを考え始めたらしいポカンとした美しい眼で、まゆ子の額をじっと眺めていた。

「牧村先生、私好かないわ。人をいろいろ疑うんですもの。——まゆ子さんは苦労のない幸福な性分ね。でも、怒っちゃいやよ。私、物質的には人一倍恵まれてる癖に始終自分で何かしら不平やら憎しみやら疑いやらを自分の心に醸し出して一人でいらいらしてる性分なんだけど、でも私、まゆ子さんと私をとっかえこしようとは思わないの。よっぽど一人よがりなのね」

「——あたり前だわ。貴女のように美しくて、勝れた才能をもっていれば誰だってそう思うわ。私ならたった今からでも貴女と私と交換してもいいわ」

「ほんと？　もし明日の朝目を覚まして、まゆ子さんと私とが入れ代りになってたら。……それでも構わない？　第一まゆ子さんの御両親がお泣きになるわ……」

ヒデ子の、少女にしては強すぎる眼の光でじっと瞳の奥を覗き込まれると、まゆ子は急に冷たいものが背筋をサッと疾走するのを感じ、あわてて、

「いやいや！　私やっぱり交換しないわ！」

と、部屋中に響くような大声で取り消しを宣告した。そして自分も笑い、ヒデ子をも半端に笑わせた。二人はしばらく無言で火鉢に手をあぶり、また机に向き直って、十字軍の

原因、経過、結果に没頭し始めた。

貴島ヒデ子は昨年の秋、関西の女学校から転校して来た生徒で、言葉から容姿からすっきり洗練されて、まゆ子たち雪国の女学生の中では一と際目立つ美しい存在であった。第一にちがうのは頰と眼だ。まゆ子たちの頰は寒さに向うと畑の林檎のように真っ赤に色づくが、ヒデ子のは蠟石のように白く透きとおってスベスベしている。まゆ子たちの眼は、兎の眼のようにパッチリ見開いて、うすい、おだやかな表情を湛えているが、ヒデ子のは濃い黒い艶を帯びて複雑な陰影を宿している。勉強家ではなかったが頭も素晴らしくよかった。ことに英語のリーディングなどは歯切れがよく流暢で、教室中がシーンとなってしまうほどだった。まゆ子たちは一人でおさらいをするとき、よくそのリーディングの真似をやった。ヒデ子の父は現職の陸軍大佐だったが、家に後妻が入ってるため、年頃にもなり、感情も人一倍烈しい先妻の子のヒデ子をもて扱い兼ね、郷里の祖父母のところに預けることになったのだが、祖父母の家は町から四、五里離れた漁村の親方衆だったので、ヒデ子は転校の日から寄宿舎に入れられることになった。ムラ気で、好き嫌いが烈しく、自信家のヒデ子は、高く構えて友達などめったにつくらず、毎日、どこへ出すのかわからない長い手紙などを書いて日を過していたが、いつからか、およそ正反対な気質を具えているまゆ子と仲好しになり、二人で舎監の先生に願って、まゆ子が室長をしている南寮の一号に同室させていただくことになったのだ。

試験が終った翌日、まゆ子は弟妹たちへのみやげ物を整えて、父の新任地のY温泉へ帰った。予想外に住み心地のいい村だった。帰った当座まゆ子は一日五、六回ずつ温泉につかって皆に笑われた。

母の話では、村は湯治客が入りこむせいか一般に人気が悪く、ことに飲酒癖が旺んで、村に何か祝い事があると子供らまで真っ赤に酔っ払って踊ったり唄ったりするような風だったから、ここの小学校をあずかる校長は、真面目過ぎても勤まらず、それかといって村の人と一緒に酔い潰れているようなぐうたらでは学校の成績が上がらず、今度、父が赴任したのも当局からその人柄を見込まれて再三懇望された結果で、着任以来日は浅いが、父に対する内外の評判は大分いいようだ、とのことだった。

「だってお父さんはほんとにいい方なんですものね」

と、まゆ子がふだん思ってるままをフト洩らすと、母が珍しくはめをはずした笑顔をみせて、

「お前もそう思うかい？　お母さんも若い時分にそう思ったの——」

「まあ、あんなこと言って……」

まゆ子は顔負けだった。

学校から通信箋が届いた。三番上がって五番になった。自分に追い越された人は誰だろうと思うとちょっと気の毒にも思ったが、ムズムズ嬉しくって、弟や妹を一人ずつつかま

えて、「姉さん今度は五番になったの。言ってごらん、五番、木村まゆ子！　って……」

四つになる弟の信次が大きな声で、「ゴバン、チムラマイ子！」と復唱した。母が聞いていて「何ですね、それぐらいのこと」と眉をしかめた。

父のところにはよく酒を飲む客が来ているので、まゆ子は棟つづきの学校で半日暮すことが多かった。お休みだが、近くに住っている先生方は毎日登校するので、職員室にはいつもストーブが赤々と燃えていた。主任の山田先生、次席の園部先生、女の尾張先生など。まゆ子はすぐに皆と近づきになった。その中でもまゆ子が特別に親しくなったのは、今年学校を出たばかりの井川先生と、同じくらいに若い代用の島村先生との二人だった。

島村先生は村の物持の息子で東京の私立大学に籍を置いてたが、この春病気に罹って静養のため帰郷し、そのまま来春新学期まで、村の小学校に代用で勤めることになった人。井川先生と島村先生とではずいぶんちがっていた。井川先生は黒サージの詰襟服を着て頭を坊主刈りにし、部屋中に響くような大声で話をするが、島村先生は長い髪をクシャクシャもつれさせ、空色の二重ボタンの背広を着て、女のように低い声で早口に話をする。

まゆ子を加えて三人、若い者だけで毎日裏山のスロープを辿りに行った。シュテムボーゲン、スラローム、ジャンプ・ターン、クリスチャニヤなど、テクニックでは島村先生が鮮やかな腕前を示したが、急坂を攀じたり困難な谷間や林の滑降路を下ったりするときには、頭に鉢巻をしめた井川先生に敵わなかった。まるで下駄を穿いてるように無造作にふるまう。

井川先生と島村先生と――。まゆ子は島村先生と一歩進んだお友達の関係をもちたいと思った。だが実際は、井川先生とならいくらも気軽にお話ができたし、外へ出ると、後ろから雪玉をぶつけたり、転んだとき背中を抱えて起してもらうことも平気でできたが、島村先生の前では舌が硬ばり身体がすくんで、身動きすることも苦しく感じられた。自分の中に自分の自由にならないもう一人の人間を見出だしたこの驚き！　まゆ子は寝床の中で訳もなしに涙を流した。

ある日まゆ子は島村先生と二人で職員室のストーブに当っていた。

「まゆ子さん、学校出たら東京に出るんでしょう」

「いいえ、私、田舎の先生になるんです。……行きたいとは思うんだけど……」

まゆ子は嘘を言った。東京に行きたいなどと考えたことはなかったのだ。

「惜しいなあ。貴女のように美しい才能のある人がこんな田舎に埋れてしまうなんて……。僕からお父さんに願ってみましょうか。ね、ぜひ東京に出るようになさい」

「でも……」

まゆ子は、島村先生の視線を顔中に油のように感じて口が利けなくなった。こんな息苦しい、不快な、泣き出したいような気持は初めての経験だ。

「僕、貴女といろいろお話がしてみたいんです。いつか家へ遊びに来ませんか。レコードや写真が少しばかりありますから。お父さんたちには僕から話して諒解を得ます。ね、お出でなさい」

「ええ、いつか――」

妹のヨシ子が、客がたくさん見えたからお手伝いに来い、と母の伝言をもって来た。まゆ子が帰ろうとすると、島村先生は書棚から二、三冊の本をとり出して「お暇のときにお読みなさい」と言って貸してくれた。

島村先生の貸してくれた本はみんな婦人や恋愛に関するものばかりだった。むずかしくてほとんど分らないところばかりだったが、新社会の婦人は男子と同等の権利、自由をもつべきだとか、これまでの恋愛や結婚で婦人が置かれていた消極的な立場は、婦人の母性を擁護するという重要な観点から正反対なものに逆立ちさせられなければならないとか、とにかくそういった晴れがましい問題が、直訳風な文章で繰り返し繰り返し叙べられてあった。まゆ子は、自分が直接男性から不当に圧迫された覚えもなし、両親の生活にもそんな不均衡を認めなかったから、他人の身の上について聞かされてるような遠い距離を感じた。それよりも、島村先生が若い男のくせになぜこんな女に関する本を読むのかと考えると、そのことで顔が赧くなった。恋愛って、この本いっぱいに書かれたほどの学問がなければできない、むずかしいものなのかしら。じゃあ私、一生涯しなくたっていい……。少し寂しくプンプンしてまゆ子は考えた。

井川先生は簡単だ。まゆ子が、

「先生、恋愛なすったことがあるの」

と端的にたずねると。

「ない」

「これからは？」

「わからん」

「どんなもの？　恋愛って……」

「真面目なものだと思う」

「じゃあこれからなさることがあるかも知れないのね」

「――」

井川先生は黒い眉をピクピク動かしてまゆ子の顔をじっと見つめた。いくら睨まれても恐くはなかった。

「先生、なぜ髪を伸ばさないの？」

「まゆ子さんは髪を長くした人が好きなのか？」

「でもないけど……」

まゆ子はひとりでに赧くなって顔をそむけた。何でもないのに後ろ暗いようなこの気持！

お正月の二日に、約束はしてあったのだが、貴島ヒデ子が突然遊びに来た。遊びに行くから、という葉書はその翌日について、物腰が快活で受け応えがテキパキしているヒデ子の出現は、最初から好意のこもった笑顔でみんなに迎えられた。母は二階の炉をほり起して炬燵やぐらをこしらえ、二人の居室にあてがってくれた。まゆ子は都会風な美しい友人をもってるのが自慢で、さっそく学校の人たちに紹介した。

島村先生に対しては、自分ではむずかしいお話などできないけどこんな素晴らしい友人がもてるような少女であることを認めてもらいたい、変に複雑な心理が働いていた。

ヒデ子と島村先生とは目に見えて親しんでいった。二人がストーブに顔を火照らして、小説や映画や新しい思想などの話を、とりすまして、ぎごちなく語り合っているそばで、まゆ子は何かしら晴れがましい幸福感に浸って、始終無口に微笑んでいた。悪いことだがヒデ子を通して自分の心を島村先生に伝えているような気持だった。

ある日、まゆ子とヒデ子は島村先生の私宅を訪問した。村一番の大きな家だった。書物やレコードや洋服などが散乱した二階の八畳の部屋に、小さな湯沸かしがたぎっていて、汽罐車のような湯気を吐いていた。

「よく来てくれましたね。──貴女がたが出現してから僕には生活が急に明るくなったような気がしますよ。ここらの人の生活はまるで眠ってますからね。愚劣な因襲のほかには何物もない……」

「どこだってそうですわ。私たちの学校だっても……。ね」

ヒデ子がそう言うのに、まゆ子は別にその気持はないのだがにこやかに頷き返した。

「僕はしかしこれは下積みにされている農民や小市民にも罪があると思うんですがね、いったい……」

島村先生は長い髪を搔き上げ搔き上げ、一字一句も間違えまいとする窮屈そうな言葉を連ねて、農民や小市民は結束して地主や金持と戦わねばならない、という意味のことを述べたてた。まゆ子はそれを高尚な学問の一節としてきいただけで、実感をそそられるまでには到らなかった。なぜ島村先生は、男のくせに女のことを研究したり、金持のくせに貧乏人のことを研究したりするのかおかしいことに思われた。

ヒデ子はちがっていた。島村先生の提出した問題を、バレーのボールを受け取るように易々と抱えて、才気の溢れた応答をした。二人はレコードを聞き、ココアを御馳走になって、二時間ばかり遊んで帰った。まゆ子は呆っと疲れていた。

その晩、床についてから、ヒデ子は天井をみつめながら言った。

「あの方、いい人ね。——私に学校を出たら東京に来いって言うの。私、行きたいと思うわ」

「まあ——」

まゆ子はハッと思う間に涙ぐんでいた。ひどい。私に言うのと同じことをヒデ子さんにも言うなんて。……私はばかだ、お人好しだ、島村先生は、ヒデ子さんを介して私とだけ心のお話をしてると思ってたのに……。まゆ子は気が昂ぶって眠られなかった。ようやくそれが鎮まると、こうして誰にも分らない心の生活を営むようになった自分が哀しく、いじらしく、自分と血をひく父や母、弟、妹の顔が、白い、無表情な蝶々のように、くらく閉じた瞼の裏側にヒラヒラと踊ってみえた。でもいつの間にか眠った。

翌朝、まゆ子は元気に眼を覚ました。午前中、父に連れられてヒデ子と一緒に馬橇で近くの町へ買い物に行った。お昼から母に台所を手伝って、少し遅れて学校の方に来てみると、一緒にスロープに行く約束のヒデ子の姿が見えなかった。

「島村君と一と足お先するって言ってましたよ」

この間からスキーの製作に夢中になっている井川先生が相かわらず頭に鉢巻をしめて長木に小さな鉋（かんな）をかけていた。

まゆ子はカッとなって、物も言わず外へ飛び出した。午前中降った粉雪の跡に、四筋のジグザグの条痕が鮮やかに印されていた。まゆ子は掻き消すようにその上を荒々しく踏みつけて根かぎりに傾斜を匍い上った。躓いて何度も倒れた。胸をふいごのようにふくらましてようやく松山の頂に辿り着くと、一人ぼっちの、白い荒涼とした展望が急にヒシヒシと身のまわりに襲来した。ふとそのとき、中一つ越した向こうの三角山の松林に、見覚えのある赤と青とのセーターがチラッとほの見えた。「アッ」とまゆ子は小さな叫び声をあげ、やわらかい雪のクッションに飛沫（しぶき）を上げて仰向けに身を投げ出した。

空は青く凍てついていた。シンとして物音一つ聞えない。まゆ子は父の赤くやけた古ズボンを穿いている自分の姿をまざまざと眼に浮べ「……わしらのような貧乏暮しはどうでも自活の道を講ずるというのがあらゆることの先決問題だと心得ておけ。どうだ、異議があるか」と言った父の言葉を、去年のパラソルのように張り合いなくひろげて、遮二無二その中に身をもぐり込ませていった……

学校に引っ返すと、仕事に油がのった井川先生は、窓ガラスにビリビリ響くような強い口笛を吹いてカシンカシン鉋を使っていた。

「見つかったかね?」

「いいえ」

「スキーで遅れたのは追い着きにくいもんだからね。山の中だからな。……ふかし立てのお芋がある。おあがり」

なるほど机の上のお盆からお芋の山が短い盛んな湯気を立てている。

「――おいしいわ」

まゆ子はフーフー言いながら一と口齧って、涙がいっぱいたまった笑い顔で井川先生の仕事振りを眺めた。――この人は自活の道を講じている人だ。

女の道

八木哲夫が戦死したしらせを聞いた時、井上珠子は眼の前がまっくらになったような気がした。まだ二十三歳の若さであるにもかかわらず、彼女はそれでもう自分の人生が終ってしまったように考えたものである。

遺骨が還って、小学校の講堂で町葬が営まれた時、彼女も町民の一人としてそれに参列した。二人の間の浄い愛情だけで、双方の親達の了解を得る所まで進んでおらなかったので、彼女には葬儀に参列するそれ以上の表立った資格はなかった訳である。

大勢の僧侶が声を合せてお経を読み、町長や分会長や町の要職の人々が、交々立って、故人の徳をたたえる弔詞を読み上げた。その間、珠子は講堂の板の間のうすべりにすわって、俯いて泣いてばかりいた。むずかしいお経の文句や、固苦しい弔詞の熟語などを聞いていると、あんなに自分に優しかった八木哲夫が、にわかに自分などはそばへも寄りつけないほど偉くなったように感じられて、それも寂しかった。たとい相手が遺骨に代っても、二人で差向いになる時間をもちたいと思ったりした。

三、四日過ぎてから、彼女は哲夫の墓参りに出かけた。大井町線の九品仏駅で電車を下り、桜や松の並木に挟まれた参道を行くと、いわゆる九品仏を安置した哲夫の菩提寺に突き当る。古びたしずかなお寺だった。珠子がここを知ったのは、召集令状を受けた哲夫が、冗談半分に、
「僕のお寺がある所に散歩しよう。いずれは墓参りに来てもらわなければならないかも知れないから……」

と誘ったからだったが、それが実際に二人の最後の散歩になったのであった。

まだ桜が咲いている頃で、並木道を通る二人の肩先に白い花びらが降りかかるのがいまも彼女の眼に鮮やかに残っている。

山門には二体の仁王様がまつられてある。

「さあ、僕の武運を試そうかな。珠子さんもやって下さい……」

二人は笑いながら紙礫を噛んで仁王様の身体にぶっつけた。珠子のは三つくっついたが、哲夫のはみんなポロリと落ちてしまった。

「おやおや。貴女の方が運が強いんだな」

「いいんだわ、私達は別々なものじゃないんですもの」

珠子は顔を赤くして、はじめてそんな狎れ狎れしい口を利いた。

だが、あの時の紙礫がそのまま二人の未来を予言したような結果になったことは、何と

も言えずつまらなく寂しい。珠子は何か物を尋ねるように、眼をカッと見ひらいてどこか空を睨んで立っている、裸の仁王様の赤い大きな顔をじっと見上げた。

ひろい境内は冬枯れで、さむざむとした眺めを呈していた。二人で来た時には、ここにも桜が咲き乱れて、花びらが白く散り敷いた地面には、たくさんの鳩が群れ遊んでいた。豆を買ってやると、慣れて哲夫の腕や肩先に止ったりしたが、どういう訳か珠子にはいっこう寄りつかないので、ひどく口惜しがったことを思い出す。

境内の西側には三棟の仏堂が建ち、上品（じょうぼん）、中品、下品とそれぞれ三体ずつの仏像が安置されてあった。その前を過ぎて裏門を抜けた所が墓地になっていた。あまり広くはないが、キチンと区画整理されて、掃除もよく行き届いていた。八木家の墓は、墓地の一番奥の、大きな池を見下ろす崖ぎわにあった。

「いいとこね。しずかで見晴らしがよくって……」

「気に入った？」

「ええ。……いつかは私もここに埋めてもらえるのね」と、珠子は低く甘えるようにささやいた。

「さあ、どうだか……」

「あら、そうさせないつもりなの？」

「そんなことはない。でも、僕は明後日から兵隊だから……」

哲夫は急にまじめな顔をして、珠子の肩に手をかけ、その顔をまっすぐに覗き込んだ。

「哲夫さん、生きて帰ってね」

「それは……向うに行けば向うの生き方があるんだから……。死ぬことが立派に生きることになるかも知れないんだから……」

(ええ、分っています)

彼女はそう答える代りに、黙って哲夫の胴衣のボタンを弄って(いじく)いた……。

いま来てみると、墓地には人影がなく、赤い落葉が空っ風(から)に吹かれて、乾いた寂しい音を立てて地面を転がっている。

珠子は二人のむかしの会話を、生きた物のように温かく耳の底に思い起しながら、息を弾ませて八木家の墓に急いだ。

思った通り、新しい白木の墓標が立っていた。

「故陸軍上等兵八木哲夫之墓」

何という変り果てた、さっぱりした姿であろう。

「哲夫さん……」と、珠子は低く呼びかけて、白い木の肌を撫でてみた。そして、花を供え水をかけて、長いこと、墓標の前にうずくまって合掌した。彼女には哲夫の死がどうしても切実な実感として受けとれなかった。どこかに生きておって、自分の前にヒョッコリ姿を現わしそうな気がしてならないのである。だが、そういう感傷を裏切って、彼女の知恵は、哲夫の死がどうにもならない真実であることを彼女に教えていた。死は、いつも愛する者達にはかない錯覚を残して、冷酷に自分の使命を果していくのである。

墓地の寒い吹きっさらしの中に、いつまでもしゃがんでいたので、珠子の頰は紫色に変って来た。そして背筋にゾクゾクと寒気を覚えた。珠子は立ち上って崖の逕(みち)を池の方へ下りて行った。

あの時、池の水はヒタヒタと岸に波打って、まわりの畑も青々としていた。二人は貸ボートに乗って遊んだ。墓地の崖下の濃い影の所を漕ぎながら、哲夫がふとこんな事を言い出した。

「――僕はいまこんな運命になってみて、僕達がすすみ過ぎた関係に入っておらなかったことをほんとに宜(よ)かったと思っている。それは、僕が戦死した場合のことを考えた責任観念のようなものではなくて、もっと単純でさっぱりした気持なんだけど……」

「……貴方が立派だったからですわ」と、珠子は眼を伏せてそっと答えた。

「だが、人間の心理にはいろいろあるもんだね。うちの会社のタイピスト達がこそこそ話し合っているのを聞いたんだが……。タイピストの誰かの友達にやはり愛人があった。ところがその男もやはり召集を受けた。するとその男は、生きて帰れないかも知れないからというので、急に女に向って深い関係を要求したと言うんです……」

「まあ、いやだ……」

珠子は顔を赤くして反射的に低くつぶやいた。哲夫は冷静な調子で、

「いやどちらが善いとか悪いとかいう問題ではないと思うのです。あの赤紙を握った瞬間の男の気持というものは実に複雑ですから……。一般的に言っても、平和な時代の物の考え方は、戦時になるとそのままでは通用しなくなるのが普通でしょうからね……」

「でも――」

珠子は哲夫が立派だと思った。だが、その意識の下には、もっともっと自分を愛してくれることができたのに――、というひそかな恨みがましい気持も動いていた。そして、それを哲夫に見抜かれて、下品な女だとさげすまれはしまいかと、泣くような眼差しで、崖ぎわの桜を見上げながら無心にボートを漕いでいる哲夫の横顔を、チラと盗み見たことを覚えている。

そうしたひそかな心の営みも、いまはそれぎりのものでしかない。丁度、池の岸に寄せる波の一つ一つが、二度と同じものが生まれ変ることがないようなものだった。はかなくつまらないと思いながら、彼女はいつの間にか池の水を染め出した夕焼けの色を、放心したようにボンヤリと眺めていた……。

その後も珠子は十日に一度ぐらいずつ哲夫の墓参りをした。家ではまめまめしく家事の手伝いをしていたが、しかし彼女の生活の焦点はお墓参りの行事に置かれていたのだった。彼女の胸には八木哲夫がいつも生きていた。そして彼女はいまのままの生活が自分の

一生涯つづくのだと信じていた。

冬が去り春が訪れて、墓地にはあの時のように桜の白い花びらが散り敷いた。つづいて樹々の葉の緑が盛り上る夏が来た。池には貸ボートが浮び、若い人達が唄ったり叫んだりしながら、青い空と白い雲を映した水面を元気に漕ぎまわっていた。崖下の濃い影の所にボートを止めて、あの時の自分達のように仲よく語り合っている一組の男女もあった。珠子は思わず牽きつけられ、頰に寂しそうな微笑をかげらせて、その人達の幸福そうな姿をじっと眺め下ろすのであった。ふと我に返ると、いつの間にか未亡人でもあるかのような、諦めきった分別くさい心境に落ちこんでいるこの頃の自分が、惨めなものに顧みられるのだった。まだ二十四歳にすぎない自分が――。彼女は暗い気持になってまっすぐに我が家に帰った。その場合にかぎらず、一体に彼女は、人々が着飾って出盛る場所を避けようとする弱い気持になっていたのだった。

秋も逝き、また冬枯れの寂しい季節が訪れた。八木哲夫が亡くなってから一年経った。その頃から珠子は自分の前途に対して漠然とした不安を感じるようになった。こうして暮していって、私はどうなるのであろう。居ようと思えば家にはいつまでも居られるかも知れないが、両親は段々年寄っていくし、中学校に通っている弟は大きくなって嫁を迎えるであろう。そうなれば自分は家の邪魔者になるばかりだ。何か仕事につくことも考えられるが、特別な専門の技術を身につけてる訳でもない自分は、一人で暮して生甲斐を見出せる仕事にはつけそうもない。

彼女は急に眼が覚めたように、戦争で愛する者を失った女達が、どのようにして生きていくのが正しいのか、世間ではどう考えているのか、そうしたことに注意をしはじめた。新聞や雑誌には、たくさんその向きの施設や美談が報道されていた。ある人々は亡き夫に代って家業に励んでいた。またある人々は女教員となって遺児を守り育てていた。けれども、それらの人々は正式の結婚を済ませて、妻であり母である立場の人々であった。自分もそんな境遇にあったら、夫の父母に孝養をつくし、どんな苦労にも耐えて子供達を立派に育て上げていくであろう。またもし、それらの人々の上に自然な機会が訪れて再婚するようなことがあるとすれば、それも快く認めてやれることである。だが自分のように二人きりの理解と愛情で結ばれておった者は、過去から現在にひきつづく心の営みをどんな風に処理して生きていくのが正しいのであろうか。新聞にも雑誌にも、そんな場合の問題については論じておらなかった。珠子は救いを求めるように、戦地の哲夫が寄越した最後の手紙を読み返した。粗末な用箋に鉛筆の走り書きで、

……僕は元気でおります。しかし再び故国に帰れないだろうという気持がだんだん強くなって来ました。それは感傷や興奮でなく、落ちついた冷静な気持なんです。肉体に沁みついた生の本能が、それを僕に教えているのです……。

しかし僕は悔いもせず焦りもしておりません。むしろ今日まで生きられたことを幸福に思ってるくらいです。烈しい闘いの合間に考えることは、意味もない過去の生活の断片ばかりです。その中には貴女も出て来るし両親や弟妹のことも出て来ます。そのほか大学生活のある一日、子供のころの友達の顔、ある日眺めた青空の色、飼犬のエスのこと、天ぷらそばのこと、どこかで見た橋の景色、幾何学の定理の一節など、数かぎりない断片的な過去の思い出が、映画のフラッシュバックのように流れ去っていきます。その流れが少しばかり短くなるだけのことではないか。――そういうのが死に対する僕の気持です……。

貴女に言い残したいことがたくさんあるような気がします。しかし、それらを要約すると、結局一つの事になってしまいます。僕が死んだあと、貴女は一日も早く結婚して下さい。それです。

僕の死が貴女にとって烈しい痛手であることはよく分ります。しかし歳月の働きと貴女の若さがもつ弾力とが、いつかその痛手を癒してくれるでしょう。貴女がそうでないと言っても、必ずそうなります。そして僕はその日が一日でも早いように希んでいるのです。

僕が死んだあと、貴女がその打撃にうちのめされている期間が長ければ長いほど、それが僕の成仏の妨げになるようなものです。僕はこの世の中に、自分が亡くなったあと、一つも借金を残しておきたくないのです。その気持を分って下さい……。
また出発です。支度にかからなければなりません。では、これで……

読み終ると、珠子は力が抜けたようにその手紙の上に突っ伏した。いままで、感情的に反撥をつづけて来た手紙の内容に対して、刀折れ矢尽きた感じだった。私はやっぱり結婚しよう。哲夫さんは何もかも見透しでこの手紙を書いたのだった。まるで掌を指すように私の心の動きを言い当てている。私は結婚するしかない。哲夫さんもそれをすすめているのだから。そう思うにつけても、珠子は、これだけの深い愛情と理解を現実の上で失ったことを、今更のようにとり返し難いものに感じるのであった。

珠子の将来に対する覚悟が定まったころ、偶然にも両親の方から結婚の話をもちかけて来た。哲夫との関係をうすうす知っていた両親は、当分の間は娘の心を傷つけないようにそっとして置いたのだったが、一年も経ったので、そろそろ先のことを心配し出したのであった。珠子は、結婚する、選択は両親に委せる、とハッキリ返事をした。

ところが、そうなると、別な新しい困難が珠子を囚えた。哲夫の思い出を——いや自分の心の中にいまも生きている哲夫の存在を、自分の結婚生活とどんな風に結びつけていこうかという問題であった。彼女の反省する所では、二人の間柄は、すみずみまで明るく楽しく、それによってお互いの人間を高めていくことができるような関係にあった。そして、それはそれぎりの事実として過去の中に置き去りにできるものでなく、彼女の現在及び将来の生活に、幹を伸ばし葉を繁らせていく本質的なものを含んでいると思うのである。

もしも結婚することによって、むかしの二人の生活を自分だけの暗い秘密として胸に納め、哲夫の存在を日陰の花のように萎ませてしまわなければならないとすれば、そんな結婚はしない方がましだ。自分の夫となる人は、自分のすべてをよく知って、そして認めてくれる人でなければならない。そのためには、結婚する前に自分から哲夫のことを相手の人に話してしまわなければならないのだ。——世間を知らない珠子は、自分の若さがもつ潔癖性にひかれて、そういう結論に落ちついたのであった。清く楽しい感情に満ちた哲夫との心の営みは、他の人々をも同様に感動させるであろうと信じたのである。

珠子は、三月ばかり間を置いて二度見合をした。最初の相手は銀行員で、色の白い女のように優しい声を出す、身嗜み(みだしな)のキチンとした青年だった。二人ぎりで一室に向き合うと男は映画や文学の話をはじめ、珠子の女学校時代のことを尋ねたりした。珠子は丁寧にしかしハキハキとそれに答えた。そのあとで珠子は自分から哲夫の話をもち出した。

「あの、お話しておきますのが礼儀だと存じますから申し上げるんですけど、私には以前に理解し合っていた男の人がございました……」

男の人——という言葉が言い出されると、若い女のような銀行員の顔色は見てる間に、変って了った。それを押し隠そうとする余裕もないらしく、珠子が話している間に、瘦せた頰がひきつり、しまいには口が硬ばって返事もろくにできなくなった。珠子はかえって気の毒に感じた。その縁談はむろん壊れた。だが、珠子はそれによってなんの打撃も受けないばかりか、男の小心翼々とした在り方や、いずれその男に連れ添うであろう誰かほかの女のことが、哀れに思われてならなかった。

二度目の見合の相手は役人であった。子供のようなあから顔をした中肉中背の青年で、話の間に「まったく、まったく」という言葉を連発して、商人のようによくしゃべった。自分の過去や家族のことや物価統制令のことなど一人で達者に語った。珠子は頃合いをみて哲夫のことを話した。今度は最初のように無邪気な気持でなく、言わなくもいいことを無理に言ってるような気持がして、なぜか自分が非常にイヤらしい人間に感じられた。男は目立って顔色を変えもせず、例の「まったく」という口癖の合の手を入れながら聞いており、哲夫が戦死したことに対しては「そりゃあお気の毒なことをしましたな、まったく……」と見舞いを述べたりした。珠子はその役人がくだけた悪くない男だと思った。あくる日、先方から、この縁談は都合により見合せると言って来たのを知って、珠子は室にこもって我を忘れて烈しく泣き崩れた。

彼女ははじめて世間の冷酷な面貌に接したのであった。真面目であり慎しくあり、顧みて一点の疚しい所もないと思っている哲夫との関係も、世間では卑しいいたずらごととしか見てくれないのである。それにもまして男の心の狭いエゴイズムが嘆かれた。なぜ彼等は、結婚する前の女が単純な人形のような存在であることを欲するのだろう？　哲夫の思い出を、どうしても自分一人の秘密として葬り去らなければならないのだとすれば、結婚することは諦めてしまおう。そして少しぐらい性格がひねくれるのは仕方がないこととして、何か仕事に生甲斐を見出して、一生独身で通すことにしよう。そうすれば、誰へ気兼ねもなく、いつまでも哲夫と共に生きていけるのだから——。そういう生き方は、哲夫が生死の境をくぐった体験を通して教えてくれたことに反する結果になるのだが、世間がそれを受け入れてくれないのだからどうしようもない……。

珠子は自分に最後の揺るがぬ決心ができ上ったのだと思った。そして友達や親戚に、内々で職業を探してくれるように頼んだ。だが、日々の暮しのふとしたはずみに、彼女はひどくうつろな気分に陥っている自分を再々見出した。むかしは、髪を結ったり、着物を着替えたり、洗濯をしたり、そんな何でもない日常の仕事が、いちいち小さなハリがあって楽しかったのに、この頃は頭がボンヤリして何するにも億劫になり勝ちだった。今からこんなでは——、と珠子は厳しく自分を叱り励まし、時には哲夫から来た手紙の束をほどいて読みふけったりした。が、そうしたことは注射のように一時的な効果を齎すばかりで、その後では、反動的にもっとひどい無気力な状態がやって来た。彼女は弱い女になるまいとして必死に心の闘いをつづけた。その一方、自分が社会的な仕事をもたないことも、意気銷沈する一つの原因だと考え、毎日の新聞の職業欄などを丁寧に読み漁ったりした。

そこへ叔母から第三の縁談をもち込まれた。珠子は断わった。だが、叔母が強引に口説くのに負けて、義理を立てるためだけに見合をすることになった。履歴書によると、今度の相手は私立大学の工科を卒業して川崎市の製鉄会社に勤務し、事変と共に応召して二年間戦地にあり、半年ほど前に帰還してもとの会社で働いているという青年だった。珠子は叔母の家の座敷で、岡崎弥一郎というその青年に面会したが、はじめから自分では期待をもたないので、かえって気軽に応対することができた。

岡崎はカーキ色の背広に黒ネクタイを結び、髪を五分刈りにした、顔の浅黒い、身体の大きな男であった。キチンとすわった膝の上に、一つずつ大きな握拳を載せている格好が、いかにも朴訥な感じだった。殆ど自分からは物を言い出さないので、珠子の方からなにかと話をもちかけなければならなかった。それに対しても、岡崎青年は、「はあ」とか「いいえ」とか、簡単な返事をゆっくり洩らすぎりだった。煙草を吹かす所を見ていると、長くなった吸い殻をなんべんでも膝の上に溢しては、指先でまるで楽しむようにそれを払い落している。珠子がテーブルの上の灰皿をそれとなく押しやっても効めがなかった。

（鈍いわ、この人……）と珠子は心の中でおかしかった。それほど気持に余裕があったのである。

「あの、どんなものがお好きでございますか」と珠子は少し突っ込んで尋ねてみた。

「どんなって……特別なものもありません。まあ黙っているのが好きです……」

その返事では、自分でも感心できないと思ったのか、岡崎青年は、フフ……と笑った。

珠子も微笑した。

「戦地に二年もいらして、お怪我もなさらずお帰りできてほんとうによろしゅうございましたのね」

「はあ……」

「ご運が強くていらっしゃるんでございますわ」

「いや、そうでもないんですが……、戦友の中には戦死者や負傷者もたくさん出ましたが、自分はのろい方で人よりおくれて駆け出して行ったからでしょう……」

珠子はまたおかしくなった。相手の風貌を見ていると、いかにもその通りだと言いたくなるものを感じさせられるからだった。しかし岡崎青年は真面目だった。といっても、そう固苦しく構えている訳でもなく、どこかにゆっくりした気分を漂わせていた。はじめから期待を捨ててかかっている珠子は、自分の倍もありそうな、素朴な感じのこの大男に、自分の弟かなぞのように気楽な親しみを感じて、

「あのう、失礼でございますが、貴方はご自分の妻になろうとする女に、どんなことを求

められましょうか?」

「さあ、それは……」と、岡崎青年は額に皺を寄せてちょっと考え込み、それから例の栄えない口調で、「……子供をたくさん生んで家をキチンと守ってくれればいいと思います」

「まあ……」

珠子は顔を赤らめて驚きの声を洩らした。何というぶしつけな返事であろう。珠子は眉をひそめ腹を立てようとしたが、何かそうしきれない和やかなものが心の中に萌しかけていた。

「では、あの、ご自分では夫としてどんな風になさるお考えでございましょうか?」

「さあ、それは……」と岡崎は先刻と同じ表情を見せて、「……外では精いっぱい働いて、家では妻の言うことを聞いて平和な家庭を作ろうと思います」

「――――」

ある楽しく温かい感情が、胸の底から湯のように吹き上げてきて、珠子は言葉も出なかった。この人はほんとのことを言っている! 朴訥な見かけの中に純な魂を秘めている!

そう強く感じた瞬間から、彼女は、悪意はなかったにせよ、相手に対して姉でもあるかのような気持になっていた自分の軽薄な生意気さが、舌を嚙むほど後悔され、それからは急に自分も口を慎んだ……。

家に帰ってからも、男の温かい体温が自分にうつったのかと思われるような熱っぽい感じがとれなかった。息苦しく落ちつけなかった。哲夫以外の男から、こんな影響を受けたのははじめてのことだった。だが、珠子は、自分の意識の中からそれを拭い消すように努めねばならなかった。なぜなら岡崎青年を結局行きずりの一人に過ぎないと信じていたからだった。そのつもりで面会し、そのつもりで自分も応対したのだった。

翌日、叔母から、先方ではこの縁組をぜひ纏めたいと言って来てると聞かされた時、珠子は胸が苦しくなるほどうれしかった。だが彼女は二、三日考えさせてくれるように答えた。先方が自分を希むのは、知らないからである。もし自分が哲夫のことを打ち明ければ、いま自分が純朴だと信じている岡崎も、前の二人の候補者のように、勝手な男性のエゴイズムをさらけ出すに決っている。それが分っておりながら、彼等に汚させるためだけに、哲夫の話をもち出すのは愚かなことだ。なんにも言わずに今度はこっちから断わることにしよう。

そう考える一方には、岡崎から受けたある人間的な温かみを失いたくない気持も強く動いていた。あの人なら話せばきっと分ってくれるだろう。でももし分ってくれなかったら……。自分は弱い女なのだから、生涯に一つぎりの小さな秘密を抱いて岡崎の広い胸の中に飛び込んで行っても、許されることではないだろうか。いや、それは考えるだけでも卑しいことである。哲夫の戦死という厳粛な事実に対しても、自分は正しい生き方をしていかなければならないのだ……。弱いのや強いのや、さまざまな考え方が、彼女の頭に渦を巻いて浮沈した。その晩、彼女はまんじりともせずに夜を明かした。

あくる日はよく晴れた日曜日だった。珠子は朝飯を済ませると、簡単に化粧を整え、灰がかった短上着（ジャケット）を着て外出した。彼女はまっすぐに、履歴書から書きうつした、大岡山の岡崎が下宿している親戚を尋ねて行った。家はすぐ見つかったが、日曜なのに岡崎は会社に出かけたとのことだった。珠子はいったんその家を出たが、また引っ返して今度は会社の所番地と道筋を教えてもらった。いますぐ面会して何もかも話してしまいたい想いが、病のように昂ぶっていたのだった。

多摩川の鉄橋を渡る電車の窓から見下ろすと、河原にはたくさんの人が群れ集って、野球や運動会をやっていた。その人々の楽しげな様子が、これから惨めな目に会いに行く自分と較べられて、珠子はふと涙が出そうになった。

新丸子の駅で下りて、十五分ばかり歩いた所にその会社があった。門を入って掃除婦に案内を乞うと、工場とは別棟になっている建物の一室に連れて行かれた。事務机が四つ五つ据えてある簡素な室だった。その一つに鼠色の作業服を着た岡崎がすわっており、隣の席には眼鏡をかけたひげもじゃの、恐い顔をした、背の高い老人が倚（よ）りかかっていた。珠子は、岡崎を認めると、急にはりつめていた気がゆるんで、弱々しい微笑を浮べてお辞儀をした。

「ごめん下さい。お宅の方へお伺いしましたらこちらだっていうことでしたから……」

「はあ、今日は休みなんですけど、自分等五、六名の者だけちょっと出たんです……」

岡崎はけげんそうな顔をして、立ち上って来て珠子に椅子をすすめた。

「済みません。あの、ちょっとお話申し上げたいことがございまして……」

そう言いかけて珠子が背の高い老人に遠慮しているのに気がついた岡崎は、急いで、

「ああ、ご紹介しましょう。職場長の谷口さんです。自分とは親子のようにしてもらっておりますから、何でもご遠慮なくおっしゃって下さい。こちらは……」と少し口ごもってから、

「一昨日見合した井上珠子さんです」

まさにその通りだと思って、珠子は赤くなった。老人がこの室にいることは、二人ぎりで向き合ってる場合のように変な感傷がすべり込まないでかえっていいのだと考え直し、岡崎の喉のあたりをまっすぐに見つめて、

「一昨日お会いしました時につい申しそびれたんですけど……私には愛し合っている人がございました……」

「はあ……、どうしてその人と結婚なさらなかったのですか？」

岡崎はいぶかしそうな眼の色をして珠子を眺めた。

「はあ、そのつもりでおったんですけど、……その人は戦死したものですから……」

「戦死！」そうつぶやく岡崎の穏やかな眼にはある光が閃いた。

「どこの戦争で倒れたのですか？」

「徐州の戦さの時でございます」

「——あそこは激戦だったそうですからな」

珠子は岡崎の落ちついた態度になんとなく励まされて、ハンドバッグを開き、

「あの、これがその人の最後の手紙なんですけど……。どうぞお読みになって下さいませんか」

「はあ、読ませていただきます」

珠子は岡崎が手紙を読んでる間、顎の先が痒くもあるかのように、そこを胸にこすりつけながら足下の土間に眼を落していた。が、時々、自制しきれないようにチラと眼をあげては、岡崎の様子をぬすみ見た。手紙に俯向きかけている岡崎の顔は斜めに見えた。短い濃い髪に被われた大きな頭、太い眉、穏やかな眼、浅黒い皮膚、自然に結んだ唇。そんなものの印象が、なぜか珠子に、岡崎が哲夫の手紙を正しく読んでいてくれるという感じをもたせた。もちろん最後的な自信などはなかったが……。

岡崎は手紙を読み了えると、それを珠子に返す代りに職場長の老人の方にまわし、しばらくじっと考え込む眼つきをしていた。

「……この人の気持は自分にはよく分るような気がします。自分は物事を深く考えるのが不得手な方ですけれども、しかしいまこの手紙を読んでみますと、もし自分にも恋人があ

れば、これと同じことを書いてやったろうと思います。……こんな深い理解をもってくれた人を失ったことは、貴女にとってはほんとうに残念なことでした」

「――ありがとうございます」

　珠子は眼頭が熱くなって来た。

「それから……戦場の心理と関連して、貴女の将来のことについても指導しておられるようですが、客観的に考えて、やはりそうするのが正しいと自分も思います……」

「私は……こんなはしたないとも図々しいとも思われそうなことを、思いきって申し上げに参ったのは、客観的でなく……貴方の主観的なお気持を教えていただきたいと思ったからでございます」

「――主観的にも、自分はそう思います」

「――はい」

　珠子は眼を伏せてそれだけの返事しかできなかった。涙の粒が二つ三つスカートに落ちた。この時、職場長の老人がテーブルから離れて、二人の間に歩いて来た。しゃがれた声で、

「お嬢さん、わしまで大切なお手紙を読ませてもらって済みませんでしたな。はい、お返し申しますよ。……わしなどは無学で、この手紙に書いてあるようなむずかしいことは分りゃあしないんだが、しかし男も女も一人でいるのはよくない、どうしたって一番い（ひとつがい）の夫

婦になって家庭を持たにゃならん、それだけは六十年も世の中に暮して来て、どこに出しても間違いのない話だと思っておりますよ。そうですとも……。岡崎君は戦地で二年も苦労して来たんだし、この手紙を書いた貴女のお友達の気持はすみからすみまでようくうなずけると思いますよ。まあだ身体の中に弾丸が入ってるぐらいに生々しいところですからな……」

珠子は不意に眼を上げて、

「あーら、岡崎さんはのろのろして人の後ばかり駆けて行くので、負傷もなさらないのだとおっしゃいましたけど……」

「ハッハッハ……」と、老人は胸を反らせ、歯が疎ら（まばら）な口を開いて渋く笑い出した。「お嬢さん、一杯食わされましたね。それがこの男の悪い癖ですよ。自分のことは何でも控え目にしてしまう。どうして、挺進隊にも何度も加わっていますし、立派な兵隊ですよ」

「どうも見て来たようなことを言うからなあ。オジさんは……」と岡崎は苦笑した。珠子も明るく笑った。

「そりゃあ君、会社にいる君を見てれば、戦地で見て来たも同じだよ。だがわしは腹が立つね。お見合ってものは、男も女も綺羅（きら）を飾って対面するもんだろう。その席で兵隊の自分はのろのろして人の後からばかり駆け出したなんて言う手はないよ。そうでしょう、お嬢さん……」

「ええ、そうですわ」

珠子は微笑してうなずき返した。老人はニコリともせず、

「いや、それで思い出したが、わしなどはいまの婆様を嫁に貰う時、ペテンにかけてね。その時の月給は五十円しか貰ってなかったんだが、それじゃ嫁に来てくれまいと思って、仲人(なこうど)に六十円だと掛値を言ったんだ。あとで婆様に知られて愚図愚図文句を言われたが、わしは高飛車に、十円分だけ、お前に惚れていたんだからありがたいと思えって怒鳴りつけてやりましたよ。世の中って……。そんな仲でも今日までどうにか続いておりますからな。そんな気合のもんですよ。岡崎君の控え目主義にはわしはあまり賛成できんね。もっともわしだって嘘ばかりついてる訳ではないが……」

珠子は思わず吹き出してしまった。岡崎もしようがないといった風に苦っぽく笑っていた。職場長の老人は調子に乗った滑らかさで、

「はあ、お嬢さんもお笑いなすった。それじゃあ一つ、わしからお二人に苦情を申しますがな。貴方がたはもっと老人をいたわってもらわにゃ困りますよ。わしはまだ耳も遠くないんだし、そのわしの前でお二人がさっきみたいな熱っぽい話をするのはどうかと思いますね。まったく。これが昔なら一升買わせるとこなんだが……。これから長いおつきあいになると思うし、将来はそういう点で老人をいたわってもらいたいですよ」

「いや、それは、つまり、祝言の時にウンと飲んでもらうよ」

岡崎は自分でもそれが失言であると思ったのか、眼を外らせて間の悪い顔をした。

「ほんとですかい、お嬢さん。わしのような汚ならしい老人でも招んで下さると言うんでしたら、わしは大喜びで出かけますよ」

「ええ、どうぞ――」

珠子は赤くなってそう答えた。

「それじゃっと……大切な事はみな決ったようなもんだから、お嬢さんはもうお帰りなさい。岡崎君、君はもう話がないね？」

「――ない」

岡崎は何か考えこみながら口先だけで答えた。

「お嬢さんは？」

「――ございません」

珠子は話したいことが山ほど胸につまってるような気持だったが、それでもやはりそう答えるのが正しいのだと思った。

「わしにもない……と、じゃお嬢さん、さようなら。いまは長くおられん方がよろしい。お宅でも心配してるでしょうからな。……裏口から多摩川の堤を行くのが近道です。そこまでご案内しましょうかな……」

珠子は、老人のおしゃべりには一つ一つ知恵が籠っていることが感じられてうれしいと思った。中庭を通りながら観た、幾つか並んだ灰色の工場の建物も、彼女には急に親しみ深いものに感じられた。岡崎と老人は裏門の所まで見送ってくれた。

珠子はそこから多摩川の堤を歩いて帰った。踏みしめても踏みしめても足が踊ってるようで、地面にしっかりくっつかないのである。そして身体がひとりで駆け出しそうになって困った。彼女の顔には、針の先で突っついてもすぐ泣顔に変りそうな奇妙な微笑が絶えずちらついていた。胸が苦しくなると、ひろい秋晴れの空を仰いで短く烈しく息を吸いこんだ。青い川の面にはボートが浮び、河原の芝や砂地には日曜日を楽しむ人々がいっぱいに群れていた。さっきはその人々を羨ましいと思ったが、しかし今は彼女は自分ほど幸福なものはないと思っていた。気まぐれな涼しい川風が時折り彼女のほてった頰を冷やして吹きすぎた。

丸子橋の袂まで来ると、珠子はそれまでどうしてもできなかったが、思いきって後ろをふり向いてみた。と、会社の裏口の所に、岡崎と職場長がまだ立っていて、手を上げて振っている。彼女も手を振って、小さく何べんも頭を下げた。距離が遠いので無事だったが、じつはこの時、二人の男達は、珠子に聞えたら胆を潰しそうな会話を交えていたのだった。

「なあ、岡崎君。わしはあの娘さんの気性が気に入ったよ。まっすぐで、勇気があって、しかも色気がたっぷりでさ。明日からでも借金の言い訳もできれば、隣組の顔役にもなれようという娘さんだ。第一、はしっこいやね。——君は敷かれるね。間違いないよ」

「そうなったらオジさんに応援してもらうさ」

「わしか——。いや、大きな声では言えんが、わしも職工達からは雷親爺なんて言われているんだが、家じゃ婆様に叱られ通しさ。それで家庭円満なんだよ」

二人の男どもは大きな声をあげてのんびりと笑い出した。

その晩、珠子は机に凭(もた)れて長いこと八木哲夫の写真に向い合っていた。

「——哲夫さん」ふと、唇の動きで、珠子はそう呼びかけてみた。

(貴女はよくやった。このあともしっかり生きて行くんですよ……)

軍服姿の哲夫が、写真の中から、そう自分を励ましてるように思われた。

(ええ、ええ)と珠子は胸の中でそれに答えた。

間もなく、珠子は写真を閉じ、手紙の束といっしょに風呂敷に包みこんだ。明日、哲夫のお墓の前で、みんな焼いてしまうつもりである。

墓地のあたり

　ある日私は電車に乗った。勤めをもたない私は、なるべく人の混まない時間に外出するように心がけていたので、その電車もらくに腰をかけられるほどに空いていた。あけ放した窓から初夏の青葉が望まれ、匂いを含んだ強い風が絶えず車内を吹きぬけていく。私の前に坐っている老人は帽子を胸のところに抱えていた。

　出入口に近い天井の中間に、一枚のポスターが下がっていたが、ときどき、その端のほうが風に煽られて、風車のような音をたててヒラヒラと躍った。可愛らしい、ひたむきなその音に誘われて、ふと見上げると、それは疎開をすすめるポスターで、かくかくの者は疎開するようにと、一項目ごとに絵を入れて、疎開該当者の身分を例示したものであった。植木鉢に手入れをしている老人の絵には「恩給生活者」、二重マントを着て金貸し鞄を下げた男の絵には「金利生活者」と解説してある。変に興味を覚えて一つ一つ眺めていくと、子供たちが机に向って勉強しているそばで母親が裁縫をしている絵に「子女の勉学のために在住する者」という説明のついた一項目があった。それを見て私は「なるほど」

と思い、自分たちも疎開しようという意志がハッキリ動き出すのが感じられた。

疎開のことは、三月の末、二度目の南方行きから帰った当時から私の胸に去来していた問題だが、長男と長女はそれぞれ大学生でほかに動けないし、それに私の仕事も東京在住を必要とするかのように考えられたりして、長い間思いきりがつかないでいたのであった。それが不意に、明るい初夏の郊外を走る電車の中のポスターによって、転機がつかめたということになると、はなはだ気紛れなようであるが、私はしかし、その気持に従って動いて間違いがないと信じた。落ちついた気分のときにふっと湧いた考えというものは、そう間違ってはいないものだということを、私は過去の生活でしばしば経験していたからだ。

数日後に、私は亡父の七回忌の法事のために郷里の津軽に帰省した。ついでに疎開の準備もすすめて来る考えだった。

実家には、私よりも前に、北海道の弟も帰省していた。父の葬式の時以来、肉親の者がはじめて、顔を合わせたのである。母がめっきり老けてしまったのは年のせいで仕方がないとして、いつも気にかかっている暮し向きの状態は、そう悪くないらしいので、それが何よりも私を安堵させた。口舌や機転が世渡りの用をなさなくなった時勢が、交際下手で、口が重く、骨身を惜まず働くというだけの兄の性格に幸いしたのかも知れない。

しかし相変らず家の中は病人が多かった。嫂（あによめ）はずっと寝込んでいて昨日から起き出したばかりだということだったし、次男の庄助は身体中に腫れ物ができて学校を休んでいたし、長女のよし子は手首の関節炎の繃帯がまだとれず、母も三日に一ぺんは床について骨休めをするということだったから、家の中でどうにか丈夫なのは兄一人だけということになる。余命いくばくもないものと覚悟しているらしい母も、そのことを苦にして、「大作さえ無事に還ってくれればここの家も安心なのだが……」と口癖のようにこぼしていた。

大作というのは兄の長男であるが、背丈が六尺近い、逞しい身体つきの若者で、気立てもよく、いまは兵隊で満州に行っていた。還るとしたところで、いつの日のことか、こんな時勢で先の見込みもつかないのであるが、それだけに病弱な家族一同の希望の星のように思われているのであった。

実家の不振な状態を見るたびに、私の心はいつも沈み痛んだ。頑なで物堅い田舎の人の口では、私の実家など、次男の私や三男の弟に不相応な教育費を注いだために、暮し向きが左前になったといわれてるのかも知れないが、実情はそうでないにしても、私や弟が洋服紳士の生活を張ってるだけに、仕事着一つで働いている兄の暮しぶりと対照して、そう思われても仕方がないことであった。それでなくっても、自分に関したことでは何でも卑屈に考えたがる性癖のある私は、ときたま帰省して、そのたびに腰が曲り白髪が殖えている母が、薄暗いジメジメした仕事場で、佃煮の竈（かまど）の火をたきつけているところなどを見ると、甘い恋愛小説を書いて虚名を流している私や、チョビ髭を生やして歯医者先生で納まっている弟の生活などが、深刻なポンチ絵のように思われて、地面の底に潜りこんでしまいたいような嫌悪感に襲われることがあった。

戦争は国民の生活をしだいに平均化していく。ことに水商売だといわれる作家の職業の私の場合は、その変り方も甚しく、門前雀羅を張るほど日常生活がしんかんとしてしまった。さきを思うと多少心細い気もするが、そうなって何かホッとした思いがしていることも偽りではない。そこへもってきて、母や兄たちの暮し向きが、自由競争で商いしていたころよりは大分いいと聞かされて、私は縁の欠けた実家の炉端に安心して胡坐が組めるような気持だった。

法事は二、三の親戚を招いたきりでささやかに営まれた。どの親戚でも女の人が代表でやって来たことにも、さし迫った時勢の匂いが感じられた。坊さんがお経をあげてる間に、格子障子一枚へだてた戸外では、隣組の防空演習がはじまり、叫び声や足音や火薬の弾ねる音がやかましかった。しかし不思議と読経の妨げにはならなかった。

「――仰ぎ願わくばア、真如院柳雪居士イ……チーンチーン」と若い坊さんが詠んだ。柳雪というのは亡父の俳号であった。句も少し残っているが、月並派でかくべつのことはない。

膳について食事をはじめると、戸外では防空演習が終ったのか、連れ立って帰る人々の賑やかな話し声が聞えた。

「わエー、腰巻まで水浸しですジャ、今夜の演習は厳しがったネス……」と呟いて行く女の人もあった。

翌日の午前中に墓詣りを済ませると、その夕方、患者を待たせている弟は、リュック・サックに土産の林檎をいっぱい詰めこんで函館に帰って行った。リュック・サックといえば、私もいちばん大きな奴を家内に背負わされて来ていたが、なるほど田舎の食物は、東京に較べると、段違いに豊富だった。ちょうど山菜の出盛りで、筍、蕨、ぜんまい、蕗などが三度三度の食膳に上ったし、林檎は食後にも間食にも不自由なく食べられたし、まだ自由販売の形をとっている魚屋はリヤカーを曳いて街を触れ歩いていたが、私が滞在していた一週間ばかりの間は、市民に飽きられるほど毎日鯛や鮪の入荷がつづいた。どういう訳かなあ、とたくさんあればそう美味いとも思わない林檎を齧りながら、私はボンヤリ考えたりした。

兄が働きに出て、母と炉端で差し向いになると、母の相変らずの愚痴話がはじまった。人とこなれてつき合えず、したがって世間を狭く暮している母には、子供であれ大人であれ、自分の苦労話を黙って聞いてもらうのは、一つの愉しみになっているようだったが、いつも同じ話なので、聞かされるほうは退屈で困った。しかし、その時には久し振りで会ったことでもあるし、私が機嫌よくウンウン頷いていると、母は調子に乗って、五、六年前に凝っていた発明の話をはじめた。もう昔のように一途な執念は感じられないが、まだ未練を捨てきれない程度の調子だった。

父がまだ生きていたころ、何が動機だったか分らないが、母は燃料の経済な竈の発明を思いついたのである。思いつくとともに、その発明旋風は家の中を縦横無尽に荒れまわった。中風で衰弱していた父も、おとなしい兄も、母の昂ぶる執念を抑えることができなかった。そのとばっちりは東京の私のところまで来て、私には経済竈の専売特許を得る手続を代行すること、大量生産の工場をつくる資金を工面することなどの相談がもちかけられたが、ほかのことと違って、母のその時の凝り方には心を寒くするようなイヤなものが感じられたので、私は剣もホロロの調子でそれを弾ね返してしまった。年寄のことだから、諄々とその不料簡を説き諭せばいいようなものだが、はたが何といおうと執念が燃えつきるまでは納まる性格ではなかったから、突っ放すより仕方がなかったのである。

「ええ、ええ、お前がそうわしの発明を見くびるなら、わしが一人で成功してみせるがらな。お前の頭は文学のほうではすぐれてるかも知れねども、発明ではわしのほうが上じゃ。わしは世間の婆様たちとは土台の頭が違うんだからの……」

母は恨みがましいことを言って私の家から引き上げていった。それから一年ばかりは、汽車に乗るたびに決って行く先や乗り換えを間違える勘の鈍さで、諸所方々の竈工場を見学に出かけたり、家中を煙りだらけにして経済竈の実験を試みたり、知人に頼んで無理強いに特許申請の書類をつくってもらったり、狐つきのような状態にあったらしい。ことに私を憂鬱にしたのは、母が外に出ると、私の名前を持ち出しているらしいと、兄から通知して寄越したことだ。

　とどのつまり、母の発明熱は、どこかの親切な役人が、経済竈は母のものよりはるかに考案のすすんだものが幾種類も作られており、それらさえ特許に値するものではないからと言い含めてくれたことで、いちおうの収まりがついたことになった。というよりも、母の老衰した体力が、それ以上執念を燃やしつづけることに堪えられなかったというのがほんとかも知れない。私と母はふだん遠く離れて別居しているのであるが、発明に凝る異様な母の姿を想像するたびに、私は私の生存欲がゴッソリ殺(そ)がれるような気がして、やりきれない寂しさにとらわれたものだった……。

「あの竈だってお前らがわしを助けてくれればちゃんと物になったんだに……」

　母は、年中つまっている汚れた煙管でジュージュー煙草を吸いながら、蒼ざめた頬のあたりに負けん気を現わして言った。「土台わしの頭はよその女子たちとは違うんじゃ。あの時だって、わしの発明はあれ一つではなえ、ほかにもいい工夫がいっぱいあったんだ。一つを思いつくと次から次といい考えが出てくるもんでの。エジソン博士と同じことだえ、わしはこれでも雑誌を読んでみんな知ってるからの」

「例えばどんなものですか？」

もう過ぎ去ったことなので、私はらくな気持で聞き返した。

「例えば、夏、家の中を涼しくする法を考えたもんだ」

「そんなのはとっくにできてますよ。氷の柱を立てるのもあるし、電気でやる冷房装置もあるし……」

「いやいや、わしのはそんな金がかかるのとは違うんじゃ。それ魚屋の店先に入っていくと真夏でもスッと涼しいじゃろが……。あれは三和土に始終水をまいてるからじゃ。わしはそれから思いついての、畳の下にコンクリートの水溜をつくることを考えたもんだ」

「呆れたナ、そんなことをしたら家の中が湿気でたまりませんよ」

「そン時には蓋をしておけばええ。わしはそこの畳をおこして床に水だけ撒いて実験してみたがの。兄もウンと涼しいと言うていた」

「呆れたなあ――」

私は母が指した仏壇の前の畳を呆然と眺めて、そういう母の発明旋風が哮(たけ)り狂ってるさ中に死んでいった父の晩年を、いまさらのように落莫としたものに感じた。

母の言葉にときどき絡むある生々しい勢いが、おとなしい兄が手紙の中などで「人生長男たるなかれ……」と嘆いて寄越した気持を、息苦しく私の胸中に蘇らせた。しかし長所と短所は背中合わせの関係にあるといわれているとおり、私や弟が高等教育を受けることができたのも、またいい状態のときもわるい状態のときも、家を支え通したシンの力は、母のその一途な執念に係っているのであるから、消極面だけとり上げて、ばかげてる、狂人染みてるとあげつらうのは穏当を欠いている。母は母なりに一生涯苦しんだ人である。

法事の前後の忙しさで、母や嫂がだいぶ身体が参ってるようだったので、弟が帰った翌日から、私は舅の家の厄介になることにした。その家は私にとってはじめてであるばかりでなく、舅たちもついこのごろ引っ越して来たばかりで、後片付けがやっと一段落ついたところだった。しずかな屋敷町で、地面をひろくとってあり、台所が屋根続きで家が二軒になっていたが、奥のほうは舅が買った時から出征軍人に貸してあり、舅たちは前の小さなほうの家に住んでいた。小さいといっても物置や小屋が付いており、まわりに空地があるので、そう窮屈な感じはしない。もとは氷蔵であったという別棟の大きな物置もあったが、これは林檎屋が借りて倉庫に用いていた。

私には家中でいちばん上等な二階の一室が当てがわれた。茶屋風につくった八畳間で、木柱や壁の好みなど、無精者の私にも、渋い、いい好みのものだと思われた。縁側が東南にひらけて、住宅地の盛り上がるような青葉若葉のかなたに、杉木立で囲まれた大円寺(だいえんじ)の五重塔が見晴らされた。舅はこの景色が大自慢だった。

「どうです。ええ見晴らしでごえしょ。トウサンがここに一週間暮してれば、また小説ができますよ。今度は『五重塔を眺めて』という題ですな。アッハッハッ……」

舅は眼尻を細くし、口を大きくあけて笑い出した。私も苦笑するしかなかった。というのは、いまは政府筋の銀行に強制買い上げされた舅のこの前の家は、私が子供の時分はやはり地方銀行のあった所で、家全体が土蔵造りのガッシリした建物であったが、その二階は株主総会の会場などに使用されていたという三十二畳の大広間になっていた。舅はそこに熊の皮などを敷いて、そのころ三、四年ぶりで帰省した私を大いに歓待してくれたのであるが、私もいい気分でその三十二畳を独り占めして、三週間ばかりノビノビと暮した。あとでその時の帰省生活を題材に「熊の皮に坐りて」という小説を書いたが、それがいま「五重塔を眺めて」という対句になって舅の口から吐き出されたのである。

「小説は当分返上ですよ。お宅で商売を返上したようにですな。……お義父さんはいったい毎日どうして暮してるんですか」

「畑作ったり、家屋敷の片づけ方をしたり……人間というものは死ぬまで忙しいことが絶えませんな」

その翌朝、私は楊子を使いながら倉庫の裏の空地に出て、舅が畑を作るのを眺めた。もう大方柔らかい畝が出来上がって、小松菜や隠元や葱やトマトが勢いよく伸びていたが、少しばかり残っている隅の方の空地を、舅は鶴嘴を振ってザックザックと掘り起していた。その空地は、長い間、塵芥の捨て場にされていた所で、瓦礫や瀬戸かけが厚く埋れているために、鶴嘴でなければ掘れないのだと舅は言っていた。鶴嘴で畑をつくる。私はそこに舅の人柄の一面が伺われるような気がして、鶴嘴の尖がときどき火花を発して大きな石ころを掘り出すのを、難しい顔つきでじっと眺めていた。

舅は三、四年前まで、市中いちばんの繁華街の角店で、乾物の卸商を営んでいたのである。骨を折ることや倹約することでは、はたの者を少し迷惑がらせるほど異常によく粘ったが、その反面、法律とか法律めいたものは電気に感じるように恐がる性格であり、戦争の進展につれて商売上の統制がはじまると、舅は自ら二段飛び、三段飛びに後ろにすさって、とうとう商売を止めて、鶴嘴で畑を掘る現在の境遇まで後退したのである。

しかし家の中は落ちついてるようであった。姑は神経痛で右足を少し曳きずっていたが、気分は昔どおり快活だったし、二十代をほとんど戦地で過した長男は、ここしばらく無事で、新設された飛行機会社に通っており、色の白い長男の嫁は、子供を四人も生んで身体が少し肥り出し、家についたもののような落ちつきができてきた。姑が笑いながら、「おら家の嫁は防空演習が好きで、あれが始ったとなると赤児を背中にくりつけても外さ飛び出して行げすや。何の性だべネス?」と評していたが、まったく明るいいい嫁だった。四人の孫たちもそれぞれ丈夫に育っていた。

私たちは友人に会ったり、実家を訪ねたり、妻から頼まれた用事（大抵食物のことだったが）を果したりして、ゆっくりした、しかも退屈でない一日一日を過したが、その間に、戦争の影響はこんな田舎にも強く及んでいて、疎開用の住宅などもおいそれと見つかるものではないことが自ずと分ってきた。

「裏の軍人さんが転任にでもなればすぐトウサンたちに入ってもらうがネス」と舅が気の毒そうに言ってくれた。

夜、子供らが寝しずまったあと、大人たちだけで、炉端に勝手な恰好で座を占めながら、遅くまで話にふけることもあったが、そんな時にはよく私の妻の噂話がもち出された。妻は舅の長女であるが、横紙破りで親戚中に鳴っており、ヘマをすると舅でさえ大声で怒鳴られる始末なので、それだけまた彼女の言動はみんなの興味を牽くという結果になっていたのである。私が披露した、最近、妻が捨て子を拾った話などは、とくに一同を喜ばせたようだった。こんな話である。

ある晩、私は座敷に寝そべって本を読んでいた。妻と三女はオリザニンの注射をしてもらうために知り合いの木村医院に出かけており、長男と長女は二階でなにかめいめいの仕事をやっていた。その時、玄関に靴音とともに人の訪う声が聞え、女中が出てそれに応対している気配がした。と思うと、小作りでよく働くが、少し興奮性のある女中のタミが、狼狽てた恰好で座敷に駈けこんで来た。

「旦那様大変ですよ、奥様が捨て子を拾ったんですって。捨て子ですよ、まあ、なんて奥様でしょう、びっくらしたわ」

私も妻も田舎者なので、女中も口のしつけがあまりよくない。

「捨て子――」

私は鸚鵡返しに呟いて畳の上にムックリ起き直った。話し声が二階にも聞えたとみえて、長男たちも「なんだなんだ」と言いながら階段をドヤドヤ下りて来た。タミは聴き手が大勢になったので、張りきった口調で捨て子の件を説明した。それによると――。妻と三女は木村医院に赴く途中、交番のわきを通りかかった。すると中から顔馴染みのお巡査さんに呼び止められ、奥さんを見込んでお願いがある、じつはいま派出所の近所に捨て子があってここに連れて来るが、男ばかりの派出所ではどうしようもないから、御迷惑でも明日の朝まで預っていただきたい、哺乳用のミルクと砂糖はすぐお宅にお届けする。そう言われて妻はその捨て子を抱いたまま木村医院に行った。いま玄関に訪ねて来たのは、そのお巡査さんがミルクと砂糖をもって来てくれたのである、ということだった。聞いてみればそれだけのことであるが、それでも子供たちは何となく、

「母さんもやるなあ」

「母さんでなければできないわ」などと呟いて好奇の眼を光らせていた。

待ちくたびれて一時間もたったころ、妻と三女が帰って来た。捨て子とやらは抱えていなかった。

「ねえや、水、水。氷を入れてね……」

妻はみんなの眼に囲まれて、居間の卓袱台の前にドサリと坐ると、いきなり水を求めた。子供たちは声をあげて笑った。

「なんだ、人を笑ったりして……。頼まれれば女だもの、仕方がないじゃないか」

「セリフが違うね、頼まれれば男だもの、というんだよ」と長男が半畳を入れた。

「ばか、セリフで物を言ってるんじゃないよ……」

妻が捨て子を抱えて木村医院に行くと、訳を聞いた木村夫人は身慄いして顔色を変えた。そして「貴女は大胆ねえ……」と言った。噂はたちまち家中にひろまって、家族の人たちはもちろん、大勢いる看護婦や女中、さては二階の入院室の付添看護婦までが捨て子を覗きに応接間に集って来た。看護婦の一人はお手のもので、捨て子の股をひろげて性別を調べたりした。

「女の子にしては可愛げのない顔ね」

「衣裳も汚れてるわ。でも捨てるなんてねえ……」

妻はだんだんのぼせてきた。とんでもないことをしたと思った。注射を済ませて帰る道すがら、妻は話の具合でまたお巡査さんに捨て子を引きとってもらう気持になっていた。派出所まで来ると、狭い所にたくさんのお巡査さんが集っているのが見えた。妻が入っていくと、先刻のお巡査さんがいて、

「やあ、奥さん、済みませんでした。子供の親が分りましたから、いまお宅に貰いに行こうと思っていたところでした。お世話様でしたね」

奥の方では女の泣き声が聞え、子供の父親らしい男がしきりにお巡査さんに詫びてる姿

が見えた。夫婦喧嘩のあげくの出来事らしかったが、ともかく捨て子は無事に両親の手許に返ったのである。

妻の説明の合間合間に、よく口のまわる三女が、木村医院における人々のありさまを描写してみんなを笑わせた。

何べんか話が蒸し返されて、興味が失せてしまったところに長男が言った。

「母さんはずいぶん疲れたんだから、このミルクと砂糖は戴くことにして、コーヒーでも入れようや」

「そうだよ、私は頭が痛くなったよ。コーヒーを飲もう。お巡査さんにあとでそういうかい」と妻もさっそく賛成した。子供らは歓声をあげて喜んだ。

そこで私が南方から持ちかえったまま、砂糖不足のため、空しく戸棚の隅にうち捨てられていたヒルブロッスのコーヒーがはじめて役立つことになったが、久し振りで飲むせいか頭がボーッと酔うように美味かった。

「大体だね、訳をきいてみれば、今夜のこと何でもないことさ」と私はニヤニヤしながら舌を辷らせた。「ただ捨て子を預けられた場合、普通の人だったら、びっくりしてしまっていったん家に引っ返すと思うんだがね。それを平気で木村医院まで抱いていくところが、母さんのやや異常性(エクセントリック)なところさ……」

「下手な小説家、何を言ってんのよ」

コーヒーを飲んだ妻はすっかり元気をとり戻していた……。

捨て子の話だけに、姑や嫁はとくに生々しい感じ方をしたようだった。

「こんな世の中に捨て子する人があるとみえてネス。帰ったら、これから二度とそんなものを拾うんでねえとあれによく言いつけてくだせえよ……」

姑は何か無気味なものを身体から払い落すような手つきをしながら言った。嫁はお針の手を止め、口を少しあけて聞いていたが、年が若いだけに、その眼には、自分だったらそんな場合に預ろうか預るまいか、それを考えてるような、ずっと現実的な表情が宿っていた。

「人が好くて、頼まれれば後先考えないで引き受けるから、しまいに後悔するしおな。トウサンばかし迷惑ですじゃ」

舅は私の話に関しては、いつも私に気を兼ねた結論を下すのであった。

こんな炉辺の閑話がはじまり出すと、姑はよくお盆に林檎をいっぱい出させるのであるが、みんなに欠伸が伝染して寝床に引きとるころには、そのお盆もおおかた空になっている。私と義弟がいちばんよけい食い、舅も少し食った。まもなく私もまたその一員となる都会の人たちを思うと、気の毒なようであるが、しかし日本では都会よりも田舎の人口が多く、その人々が季節季節の野菜や果物を秣（まぐさ）のように食って生きてることは、日本にとって強味であると私は思った。

　ある午後、私は舅を誘って散歩に出かけた。どこという当てもなかったが、門を出たところで、忠霊塔のある丘に行ってみることに決めた。途中の茂森町は、子供の時分に質屋を営んでいた私の家があった所で、私にとっては懐かしい通りであった。その家はよそへそっくり移されたので、いまは見る由もないのであるが、そのほかの家も様子がすっかり変っており、よく湯ぶねに蛙やみみずが浮んでいた銭湯だけが昔のままの家構えを止めているにすぎなかった。

　右に折れて禅林三十三ヵ寺の並んでいる寺院区域に入るが、寺院まで三町ばかりの間、西側に民家が並んでおり門前と称ばれていた。歩道よりも家のある所が数段高くなっており、いずれも屋根の低い、前のめりに傾いたような家ばかりで、床板や柱がよく磨かれた店先には、香華や卒塔婆が並べられていた。ここらは道路がアスファルトに変っただけで昔のままの面影を残している。ことに、店や座敷の障子をすっかり開け放していて、往来から屋内の薄暗いトンネルを通して、カッと明るい奥庭に咲き乱れている躑躅が見えたりするのには、子供のころの生活を再現されたような懐かしさをそそられた。

「墓場を通って行きましょうか」

「そうですな、そのほうが涼しいですな」

　私どもは最初のお寺の門をくぐって墓地に通り抜けた。そのお寺の住職は私と小学校の同級生だったはずだが、庫裡の方を覗くと、縁側に干し餅が吊され、お襁褓などが干されてあるので、和尚健在なんだナ、と私は一瞬旧友の上に想いを馳せたりした。

墓地は亭々とした杉木立に囲まれ、そこへ入ると空気が急にヒンヤリした。上を仰ぐと、ところどころの樹の間から、日光が太い縞をなして幾筋も差し込んでいたが、それらは途中で立ち消えになって、土まで届く力がなかった。累々と並んだ墓石の間を縫って、苔に被われた小径がどこまでも続いていた。太いのや細いのや、杉の根が地面を匍って縦横に伸びているので、足許に気を配って歩かなければならない。木立が疎らな所にさしかかると、右手の方に、青々とひらけた水田や若葉に包まれた下町の全景が見晴らされた。太い黒い老杉の幹を額縁にした水彩画でも眺めてるようだった。新しい卒塔婆がところどころに目立っていた。

「戦も長くなれしたからなあ……」

舅は尻を端折っていたが、私に向って、疲れないか、疲れないかと何度も声をかけた。自分が疲れているのであろう。舅のような地方人は、鶴嘴で畑を作ったり、魚釣のために十里も自転車に乗ったりすることではあまり疲れを感じないが、これという直接の目的もない歩行にはすぐ疲労してしまうのである。

行く手を塞ぐように屹立した大きな杉の幹の蔭から、一と筋二た筋、線香の煙りが靡いて来た。眼に見えるよりも匂いが鼻に来たのが先だったが、幹をめぐって、その裏側に出ると、絽の紋付を着た老婦人が、お墓に水を注ぎかけていた。私どもの足音で、老婦人はちょっとこちらを向いたが、小鼻のわきに黒い疣が目立ち、色の白い、品のいい顔をしていた。「お参りでごえすか、お婆様」と舅が挨拶した。

「ああええ。いいお天気で——」と老婦人が答えた。

それぎり私どもはそこを通りすぎた。

「あれは江戸屋のおかみ様じゃなかったですか？」

「むかしのおかみ様、いまはお婆様ですじゃ。孫を二人戦死させましてな……」

江戸屋というのは旧藩時代から栄えた町いちばんの太物問屋であった。鼻のわきに疣のあるいまの老婦人は、江戸屋の家付き娘で、私が子供の時分は、まだみずみずしいおかみ様であった。年をとれば疣まで成長するものか、私の記憶に残っているおかみ様は、写楽が描いたようなあんなに描線の強い顔ではなかったはずだ……。

私の幼年時代の生活風物を思い出すと、私の家が禅林三十三ヵ寺の通路に在ったせいか、どこかに必ずお葬式の情景が出て来る。江戸屋のおかみ様の思い出もそれに絡んだものであった。

誰でも知ってることだが、そのころのお葬式の行列には、五基か六基ぐらいの葬花が先頭に立った。中流以上の家のお葬式だと普通の葬花のほかに、ほんとうの名前は何というのか知らないが、子供たちが傘花と称んでいるものが加わった。長い棒の先から傘を拡げたように八方に枝がひろがり、その枝には桃色の造花が点々と咲いている。そして、天辺の、傘の軸に当る所には、金紙の花片(はなびら)で囲まれた蓮の華が一つ載っていたが、その中には細かく切り刻んだ紙きれや一厘銭、二厘銭、五厘銭等の小銭がいっぱいに詰め込まれているのである。葬列が街角にさしかかると、傘花を担いだ男は棒をまっすぐに立てて、傘花を上下に烈しく揺すぶる。すると紙きれや小銭が散華のように四方へ飛び散るのであった。子供たちは、その小銭を拾って、餅を買ったりメンコを買ったり、思いがけない楽しみにふけるのである。私の家が在った茂森町から門前に曲る所は、傘花を揺すぶる最後の街角であり、したがってここまで来る間に、天辺の蓮華の中が空になっていることもあれば、反対に、まだたっぷり残っている分を、そこで一ぺんに揺すぶり落していくこともあった。そしてそれをかれこれと予想し合うことも子供たちには一つの楽しみになっていた。

ある日、江戸屋のお葬式があった。当主の婿が死んだのだという話だったが、何しろ旧家だけに、たいへんな葬式で、会葬者が道路をいっぱいに塞いで、まるで波のようにザワザワと動いていった。例の傘花も葬列の先頭の左右に二つずつ四基もあった。私もその一人である子供たちの一群は、会葬者の人波を潜り抜けて、街角に先回りした。そしてめいめい身軽に飛び出せる所に陣をとった。私は角店の軒下の用水桶のそばに立っていた。葬列が近づいた。待ち兼ねた子供たちは、

「振れ振れ！」と叫んだ。

「この餓鬼等(ど)ア、そうら！……」と一人の担ぎ手がそう怒鳴るのを合図に、ほかの三人の屈強の男たちも、傘花をまっすぐに立て直し、顔を真っ赤にして「おっしゅ！　おっしゅ！」と散華をはじめた。紙の花片が雪のように舞い下り、チリンチリンとばら銭の落ちる音も聞えた。

子供たちは喊声(かんせい)をあげてそこら中を蝗(いなご)のように飛びまわった。私も用水桶の蔭から駈け出したが、どうしたはずみか自分で自分の足に絡まれて、往来の真ん中に、胸を強くぶって倒れた。しまったと感じたが、起き上がることはおろか、息をつくことさえできなかった。私は首を伏せてしばらく倒れたままになっていた。そんな状態でいる時に、頭にバラ銭が落ちてきて、痛かったような記憶もある。と、誰か私を抱え起してくれた人があった。その人こそ、白装束をつけて、素足に草鞋(わらじ)を穿いた江戸屋のおかみ様であった。なにか慰めの言葉を言って、白い数珠を下げた手で、私の着物の埃を払ってくれたりした。私はその時嗅いだおかみ様の清らかな匂いを、後になってもしばしば思い出すことがあった。

だが、いま見た、隈どりのように皺の線が深い老婦人の顔は、私の記憶にあるそれとは似もつかないものであった。結局、私自身がそれだけ年をとったということになるのであろう。江戸屋のおかみ様は二人の孫を戦死させたというが、そういえば私の長男も今年は徴兵検査で甲種に合格している。江戸屋の主人のお葬いの傘花に胸を躍らせた、幼い日の私の、その長男が――。

墓地の小みちは行き詰りになった。そこから崖が切り落されて忠霊塔の広場になるのである。私どもはお寺の境内を抜けていったん本道に出た。道の両側に亭々と聳えていた杉並木は供木されたとかで、垣根越しに、坊さんが鉢巻をして畑を耕している明るい風景が望まれた。

忠霊塔はずいぶん大規模な設計のものだったが、塔に漆喰と金網を張った程度で、まだ完成しておらず、土台のガラン洞の中で五、六人の職人が鑿（のみ）を使っているばかりで、あたりはしんかんとしていた。私が子供の時分は、この広場は墓地につづいた丘の一部で、老杉や熊笹が密生し、めったに人の入れない所であったが、市民の勤労奉仕で、それがいまのように切り拓かれたのである。

見晴らしは北と西にひらけていた。岩木山や津軽平野や市街を一望の下に収めるこの丘を神域に選んだ人は、よっぽど頭のいい人に違いない。舅と私は、広場の端に置き並べられた切石の上に腰を下ろした。

いつ見ても形のいい岩木山は、雲一つなく晴れ渡って、幾筋にもえぐられた山襞が、手を伸ばせば指先に吸いつきそうに鮮やかだった。津軽平野は、山麓から私どものいる崖の下まで一と飛びにひらけており、その余勢は墓地を深く包んで東の方に伸び出ていた。伸びた部分の田圃の向こうには市街の樹木の緑が溢れるように盛り上がり、右手のひときわ色の濃い旧城址の老杉の間には、天守閣の白壁が陽に照らし出されていた。坂を上る人の姿も豆粒ほどに見えた。

　裏手の藪で閑古鳥が啼いた。空気を振わすような幅の厚い声だった。

「ほう、モホ（阿呆）鳥が啼くころですな」と舅が言った。

川が銀色に光って平野の中を幾筋も流れていた。乾いた土がその水を吸う音がここまで聞えて来そうである。眼の下の田圃では、百姓の女たちが、五、六人並んで草をとっていた。赤い襟がけをした娘も混っている。

「山は晴れて……稲は実って……なんぼいい景色だネス」

私は黙っていた。そして、いま舅が抱いてるような素朴な感情が、戦う日本の大勢の人々に共通したものであり、私の心の中にもホロリと共鳴するものが宿っていそうだった。だが、それは祈りであり詠嘆であり、それ以上のものではない。私には戦争の運命など分らないのだ……。

亡夫の弟の定吉が復員して来て、嫁を迎える話がもち上がったので、春枝はそれを潮時に、斎藤の家から身を引くことにした。

「お前さんはシンがきついようだから、一人でちゃんとやっていくことだろうと思うが、ともかく斎藤の家には何の関り合いもない人間だということだけは忘れんようにしてもらいたい。いいかね。いわば赤の他人だよ。わしたちとお前さんの間柄はね」

それが舅の別れ際の挨拶であった。

「はい、分っております。どんなことがあってもこちら様の名前は出しませんから」

春枝は落ちついてそう答えた。それを図太いと思ったのか、姑がわきから口を添えて、

「三年も一緒に暮したんだし、荷物を纏める時は、自分の物とよその物と間違えないように気を注けるんだよ」と言った。

「はい。荷物を揃えたところでお母様に一と通り調べていただきますから……」

春枝はやはり落ちついてそう答えた。別れると決ってしまえば、そういう言葉に腹を立

てるよりも、狭いコチコチした料簡で世の中を過している舅や、姑が気の毒に思われるばかりだった。

二月半ばの吹雪の烈しい日、春枝は三歳になる玉夫を背負い、便利屋の橇にわずかばかりの荷物を積ませて、かねて探しておいた町端れの相借家に引っ越した。それは、構えだけは大きいが、まったくのボロ家で、六世帯の家族が同居していた。春枝が借りたのは、東向きの縁側をもった八畳一と間ぎりであるが、押し入れも床の間もあり、家財道具の少い春枝には、それでも広すぎるぐらいだった。

引っ越した晩、義弟の定吉が、どう工面したものか、小さな箱橇に、米や薪や炭などを少しばかり運んで来て、両親の仕打ちについて弁解がましいことを言ったが、春枝は笑ってとり合わなかった。

「当分の暮し向きの物は、そのつもりで知り合いの家に預けておいた物もありますし、せっかくですけどなんにも戴きません。それよりも、私、定吉さんにだけお願いしておくんですが、私は斎藤家から見れば他人かも知れませんけど、玉夫は貴方の兄さんの子供に違いないんだし、ときどき、貴方の兄さんのお墓詣りだけはさせていただきますからね。……私、これからウンと働くわ。できるのよ、私には。もう一年もしたら貴方に困ったことがあった時には相談にのってあげられるぐらいになっているはずよ。ホホホ……」

気の弱い定吉は、苦笑して、橇を曳っ張って、スゴスゴと引きあげて行った。

それから一週間ばかり、春枝は、玉夫を相手になすこともなく日を過した。毎日、風呂に行ったり、綻び物を繕ったり、部屋を磨き上げたり、なけなしのメリケン粉をはたいておやつをつくったり、玉夫を抱いて炬燵で昼寝をしたりした。そうしてる間に、斎藤の家で三年間窮屈に暮した肩の凝りが、埃でも払い落すようにサラサラと離れていくのが感じられた。

あの日、春枝は街の銭湯から帰り、部屋の片隅に寄せてある鏡台の前に坐って、長い間、鏡の中を覗いていた。斎藤の家にいる間は、それこそなりふり顧みる暇がなく、四十代の女のように老けた心持で暮してしまったが、いま落ちついて、湯上がりの顔を鏡に写してみると、髪は黒く艶をはなち、眼は濡れて輝き、白いムッチリした頰には深いえくぼが刻まれ、噎せるような若さが額にも首筋にも溢れていた。春枝は本能的な満足を覚えて、身体が冷えこむのも忘れて、鏡の前にいつまでも坐りつづけていた。

そのうちに、ふと、誰かに見られてるような気がし出して、鏡からそらせた目が、床の間に飾ってある、亡夫の行雄の軍服姿の写真に触れると、春枝は悪いことを見つけられた子供のように、顔を赤らめてしまった。

ああ、この人の思い出が、まだ若い寡婦である自分の長い将来に、どんなふうに影響していくものなのであろう?

——そのころ、春枝は町の農業会の事務員を勤めていた。実家はA市にあったのだが、十年余も鰥夫の生活をつづけてきた父親が、ふとしたことで後妻を迎えるようになってから、勝気な春枝には家庭の空気が面白くなくなり、汽車で二時間も離れたH市に下宿して勤め人の生活をはじめたのであった。家へは滅多に帰らなかった。仲介業をやっているお人好しの父親は、仕事のついでにときどき春枝を訪ねて来て、そのつど小遣銭にしては多すぎるお金をくれていった。家をたよりにしないで、なにもかも一人でやっていくようにという意味らしかったが、継母には年子の子供が二人も生れていたし、春枝にしてもそのほうが気楽だと思った。

そのうちに春枝は、同じ農業会の支部に勤めている斎藤行雄と恋愛に陥ちた。仕事の上で責任感の強い、男らしい行雄に、春枝のほうから積極的に近づいていったのである。恋人として一年半ばかりも交わったあとで、いよいよ結婚することになると、その時になって行雄の両親が反対を唱え出した。親の膝もとを離れて、自分勝手な暮しをしてるような女は家に入れられないというのである。じっさいは行雄の嫁として、母親の遠縁の家から、田畑つきのうすのろな娘を迎える心組みでいたのがはずれたので、欲に絡んだ両親の憎しみが、春枝一人に向けられたという訳である。

春枝はそのころ妊娠していた。行雄は、いよいよとなれば家督を弟の定吉に譲っても二人の結婚を実現するからと春枝を力づけた。またじっさいその考えであった。ところが戦争が起って、とつぜん行雄に召集令状が来た。絶体絶命である。行雄は、気がすまない春枝を無理に促し立てて、両親の家に連れて来た。そして、籍は入れなくともいいから、自分が帰還するまでは、春枝と生れる子供を家に住まわせてくれるよう、両親に頼んだ。戦場へ出かける息子の頼みをさすがに両親も断わりきれなかった。

「おれはな、今度出て行くと帰れないような気がする。きっとそうなるだろう。お前も辛いだろうが、おれが戦死したという報せが入るまでは、斎藤の家に止まっていてくれ。そのあとはお前の自由に委せる……」

行雄はそういう言葉を春枝に残して、あわただしく戦地に発って行った。

それからの三年間、春枝はまったく自分というものを押し殺して、舅、姑に仕えながら暮した。行雄の父親というのは、長い間小役人を勤め、いまは恩給生活をしているのであったが、夫婦揃ってみえばりで、欲の深い人間たちだった。息子を欺した女として、春枝がどんなに尽しても嫁の扱いはせず、給金を払わない女中のような扱いをした。春枝もそのほうがサッパリした気持だった。行雄が無事に帰還すれば、行雄がどうするかは本人に委せ、自分と玉夫だけはさっそく斎藤の家を出て、自分たちだけの生活をはじめる覚悟でいた。

行雄の弟の定吉も出征し、暮し向きがだんだん詰ってくると、姑はそんなことに対しても、春枝に当り散らした。

「行雄さえちゃんと親の言いつけを守ってくれたら、うちもこんな思いをせずに済むのだがのう……」

行雄が田畑つきのうすのろな娘を嫁にもらっていたら、生活がもっと楽だったろうに、というのである。

春枝は、父から財産の分け前としてもらった貯金をひき出して、斎藤の家の暮しを補った。それがいきづまると、近ごろの若い女としては割合にたくさん持っていた、自分の着物を一枚二枚と処分していった。

こうして、春枝は、斎藤家にとってはなくてならない人間になってしまったが、舅や姑は、春枝の蔭の働きに気がつかない風を装い、その負け惜しみからことさら春枝を冷淡にあしらったりした。

ただ一つ、春枝がハッキリと舅や姑に対抗していることがあった。それは玉夫のことであったが、舅や姑もさすがに孫は可愛いと見えて、玉夫を手許に置きたがったが、春枝は働いてる時も外出してる時も、玉夫を自分のそばから離さなかった。

「坊の名前は、溝口玉夫ね、さあ、言ってごらん、坊や……」

ようやく口がまわり出した子供に、そんなことを教えこんで、そばにいる姑に当てつけたりした。

行雄が戦病死したという報せが入った時も、春枝は舅や姑の前ではあまり涙を見せなかった。それがまた舅たちを怒らせ、お葬式の時も表向きの参列は差し止められた。しかし春枝にしてみれば、そんな形式的なことはどうでもよかった。

こんな悪い関係にありながら、戦争が止んでからも、春枝が、長い間、斎藤の家に止まっていたのは、もうそのころには、斎藤の家では、春枝が切りまわしてくれなければ経済が立ちいかないようになっていたからである。というのは、自分の着物を処分していってる間に、実父の仲介業を自然に見習っていたものか、春枝はちょっとの間に商売のコツを覚えこんで、よその家から頼まれた着物類を世話してやって、相当な収益をあげ、それで物価高の生活を支えていたからであった。

こんな訳で、斎藤の家では、舅、姑も春枝も、それぞれの立場で、弟息子の定吉の復員を一日千秋の思いで待っていたのであった。

——玉夫と二人ぎりの暮しに落ちついてみると、斎藤の家で暮した三年間の生活が、春枝にはいまさらのように懐かしく息苦しいものに思い返されるのであった。春枝が行雄と愛情を交わしていたのは一年半ぐらいの期間にすぎない。玉夫という忘れ形見が残されたとはいえ、ただそれだけの生活であったなら、この二、三年来の窮迫した生活の激動に揺すぶられて、行雄に対する追憶の情ももっとうすれていたかも知れないのだが、それに続く斎藤の家での生活が、行雄との愛情の思い出を、焼き印のように春枝の胸に捺しつけていた。それは哀しく重苦しいものであった。

休んでいる間に、春枝は同じ家に住んでいる五家族の人たちと一と通り知り合いになった。下駄の歯入れ屋、鋳掛屋、病院の小使い、日雇いなど、いずれも下層階級の人々ばかりであったが、つき合ってみるとそれ相応の義理人情の弁えがあり、住み心地は悪くなかった。その中でも春枝は、息子、娘の仕送りで暮している老人夫婦と親しくなった。ときどき留守をみてもらうつもりで、春枝のほうから、老人夫婦に近づいていったのだったが……。

引っこして十日目ごろから、春枝はまた衣類の仲買いをはじめ出した。時節柄、身体さえ動かせば、仕事はいくらもあった。人に哀れっぽくもちかけたり、しつっこく粘りついたりするのでなく、誰の前でも陽気で良い悪いをハッキリさせる春枝の人柄が、かえって客に安心を与えるものか、売りたい人も買いたい人もつぎつぎに現われてきた。

「商売繁昌も結構だが、そう時間にキマリのない暮し方じゃ、貴女も坊やも気の毒だし、思いきって駅前の闇市に店を張ったらどうだね。よかったらわしが世話してやるがの」

仲好しになった相借家の老人にそう言われて、春枝は二、三日考えてから、その忠告に従う決心をした。

駅の前に、家屋の強制疎開でできたかなりな空地があり、終戦後、いつともなくそこに小屋掛けして闇市場ができていた。店といっても、柱を四、五本建てて、周囲や天井を蓆で被っただけの粗末な物だったが、そういう店が五、六十軒も列ってできている市場は、朝から夕方まで犇くような人出だった。農村から出て来る客が多かった。

春枝の店というのは、林檎箱の上に戸板を載せて、わずかばかりの品物を並べ、長襦袢や裾模様の紋付などを三、四点、衣紋竹に通して天井の横木から吊り下げただけの、至って簡単なものだったが、客足はボツボツと絶え間がなかった。粗末な身なりをした田舎の年寄たちが、三千円、五千円という金を惜しげもなく払って、嫁衣裳や日常服などを買っていった。

朝は九時ごろに店を開けて、夕方は四時に閉める。春枝は毎日昼飯を用意して店に通った。玉夫も必ず一緒に連れていったが、真っ赤な頰にあかぎれなどができており、風邪一つひかない元気な子供だった。

冬にしては珍しく晴れた日の午後だった。春枝はふと、復員らしい恰好の青年が店の前を往ったり来たりして、中を覗きこんでいるのに気がついた。品物を見てるのではなくて、玉夫や自分に注意をしているらしい。肩幅の広い、丈夫な身体つきで、あかぐろく灼けた顔に、太縁の眼鏡をかけていた。どう考えても見たことのない人間だった。そのうちに、青年は、帽子をとって、戸板の横から店の中に入って来た。そして、ゆっくりした、厚味のある声で、

「あのう、お尋ねしますが、もしかしたら貴女がたは斎藤軍曹殿の奥さんと子供さんではないでしょうか？」

「そうですけど……貴方は？」

　春枝はなんとない不安に駆られて、炬燵の腰掛から立ち上がり、じっと青年を見つめた。

「はあ、そうでしたか……」と青年はホッとしたような色を浮べて、「子供さんの顔が斎藤軍曹殿に生き写しなものですから……。自分は斎藤軍曹殿の部下で、K村の吉田英吉という百姓であります。十日ばかり前に復員して来ました。斎藤軍曹殿が亡くなられる時もそばについておりましたし、今日じつは軍曹殿のお宅にお見舞いに上がったのですが、御両親にお会いしただけで、奥さんたちがおられないので、これから家に帰ろうと思っておったところです……」

「まあ、斎藤の——。斎藤の家では私の住所を教えませんでしたか?」

「はあ、どこへ行ったか分らんというお話でして……」と青年は気の毒そうに言った。

「ホホホ……。私は嫌われておりましたから……。吉田さんとおっしゃいましたね。家でゆっくりお話を伺わせて戴きますわ。いま店を片づけますから……」

　片づけるといっても、行李一つに楽に詰められる程度の品物しかないのだから、五分とかからなかった。その行李を箱橇に入れて、上に玉夫を坐らせて押していけばいいのであった。

「自分が押します」

　吉田英吉は逞しい腕で軽く橇の押し手を握った。玉夫は見知らぬ男に曳かれるのが面白いらしく、橇の上からそばをついて歩いている春枝の方にしきりに笑いかけた。

「喜んでますわ。めったによその方が訪ねて来ることがないものですから……」

「そら、坊や。走るぞ。落ちるなよ……」

吉田は気をつけてゆっくり走り出した。玉夫は橇の上でケタケタと声を上げて笑った。春枝は遅れて歩きながら、自分も笑って、玉夫の方に手を振ってみせた。そして行雄が帰還していたら、ちょうどこれと同じような生活があったのだろうと思ったりした。

吉田は、果物屋の店に橇を寄せて、玉夫に蜜柑と林檎を買ってやっていた。

「済みません……」

「いいや。坊やにと思って、少しばかりお土産をもって来たんですが、軍曹殿の家にみんな置いて来たものですから……。今度来る時は餅でも搗いて来ます」

長屋について、部屋の中に入ると、吉田は床の間に飾ってある行雄の写真に向って恭しく合掌した。春枝は炬燵をどけて炉の火をかきおこした。そして、二人で向き合って坐ると、二人ともかすかな困惑を感じた。春枝の立場として、こうやって行雄の部下だったという青年に訪ねられてみると、そばに玉夫がいるにしても、自分が行雄の妻であるという自信が妙にあやふやになって来るのであった。籍が入っていないとか何とかいう形式的な問題でなく、行雄と一緒に過した一年半の生活は、若々しい感情に支配された恋愛関係にあったので、ボーッとした生熱い感覚の記憶が残っているだけで、人間としての行雄が胸の中に強く刻まれていないようなひけ目を感じさせられるのであった。それを押し隠して、春枝は未亡人らしくもったいぶってみせた。

一方、英吉にしてみると、斎藤軍曹とともに戦地で苦労した報告が胸いっぱいに詰っているような気がしていたのに、いざ語ろうという場合になると、たった一と言か二た言で済まされそうで、それがひどく物足りなかった。その上、向い合っている春枝が、彼が頭に描いていた未亡人という観念とはおよそかけ離れた、みずみずしい陽気な感じの人なので、女に慣れない英吉は少し上がり気味になっていたのである。

「斎藤軍曹殿は自分にとって命の恩人でありました……」と、英吉は朴訥な口調で、とぎれとぎれに語り出した。

——英吉たちの部隊がマニラから北部ルソンの山岳地帯に撤退してから、毎日のように退却また退却で、険しい密林の中をさ迷った。それも昼間は敵機の爆撃が烈しいので、行動は夜間にかぎられ、そのために部隊は四散して指揮系統も崩れてしまい、部隊本部が最後の避難場所である、ある山腹のイゴロット族の小部落に辿りついた時は、員数が五分の一にも満たないほどに減っていた。戦死したり、病気で落伍したり、大部分の者は連絡を失って行方不明になっていたのである。

英吉の所属する斎藤分隊でも、斎藤軍曹以下七名の兵隊が残っただけだった。そして、英吉が斎藤軍曹に助けられたのも、そこまで退却する途中の出来事であった。夜、疲れきって、山の中腹に拓いた道を歩いていた英吉は、足を踏みはずして崖から転落し、人事不省に陥った。しばらくして、夜露の湿りで目を覚ました英吉は、木の根にひっかかって、急傾斜の崖の中途にひっかかっている自分を見出して、ゾッとした。星明りが谷間をうす白く照らしていた。岩肌や密林を彩ったボンヤリした明暗が、地獄の中にでもいるような心細さを感じさせた。どこかで赤児の声のようなトッケイの啼き声が聞えた。英吉はガクンと身慄いして、思わず、

「分隊長殿ウ……」と叫んだ。それほど分隊の兵隊たちは、斎藤軍曹をたよりにしていたのである。ワーン！ と無気味な木魂が谷間に反響した。英吉は本能的に傾斜に伏せをした。だが、その山彦がしずまると、あたりはまた牵きこまれるようにしずかになった。

英吉は用心をして立ち上がった。胸と腰がキリキリと痛んだが、我慢すれば動けないことはなかった。英吉は必死になって崖を攀じ登り出した。だが、傾斜が急な上に岩肌や崩れやすい壁土ばかりで、縋るものがないので、何度試みてもズルズル辷り落ちるばかりで、最初にひっかかった木の根株の所よりずっと下の方にずり下がってしまった。

「だめだ……」と、英吉は荒い息を吐いて、いま自分を支えている、棘の多い灌木を股に挟むようにして、傾斜に仰向けに寝てしまった。たとい匍い上がれたとしても、部隊本部に追い着ける見込みはなし、夜が明ければそこらに自分の小銃が見つかるだろうから、自

決しようと思った。そう決めてしまうと、熱い涙がポロポロと湧いて出た。英吉は子供のようにしゃくり上げて泣いた。両親や姉妹や村のことや、二十三年の生涯の切ない思い出が、春先の陽炎（かげろう）のように目先にちらついた。そして英吉は眠った。

また目を覚ました時は、夜がしらしらと明けかかっていた。鋭い鳥の啼き声がそこここに聞えた。上体を起して周囲を見まわすと、自分の身体は赤肌の土の急な崖の中途に危うくひっかかっており、目の下には、自分が辷り落ちた距離よりももっと深い谷が白い朝靄に包まれて、無気味な口を開いていた。

しかし、ともかく明るくなっていたので、英吉は勇気をふるい起して、また崖を攀じ登りはじめた。足場や手がかりになる地形がハッキリ見えるので、昨夜のようにズルズル辷り落ちるようなことはなかったが、いま一と息で道路に出られる所までいくと、それから先は崖が垂直になっていて、鳥でもなければ飛び上がることができなかった。二、三度、道を変えてやってみたが、結果は同じことだった。英吉は眩暈がするような絶望感に襲われ、泣き声で、

（分隊長殿ウ！……）と胸の中で叫んだ。このままで明るくなってしまえば、敵に発見されることは免れない。英吉はへっぴり腰で崖に縋りつきながら、昨夜の悲壮な自決の覚悟をも一度呼び起した。

その時、低く抑えつけた、人の呼び声が聞えたような気がした。英吉は身体中の神経を

逆立てて聴覚を澄ませた。

「吉田ア！　吉田上等兵イ！　……」

聞き覚えのある声だった。英吉は夢中で「分隊長殿ウ！」と呼び返した。大分距たった、崖の端の方から、斎藤軍曹が半身を現わして、谷間を覗いた。そして英吉の姿を認めると、手を振って、駈け出して来た。軍靴の音が英吉の頭の真上に近づき、髭もじゃな斎藤軍曹の顔が、逆さまに英吉を睨み下ろした。

「貴様、誰がこんな所で休んでろと言った、ばかたれめが。縄をほうってやるから身体に捲きつけて上って来い。あわてるでないぞ」

英吉は投げ下ろされた棕櫚縄を腹部に捲きつけて、自分にも信じられないような暴力をふるって、一と息に崖の上に匍い上がった。そして、平らな道路の上にペタンと坐って斎藤軍曹の腕に縋りながら、オイオイ声をあげて哭き出した。

ダダダダ……。自動小銃の音が、朝の静寂を破って響いた。ヒュー！　ヒュー！　と空気の裂ける音が、すぐ耳許を流れていった。斎藤軍曹と英吉は、一枚の紙きれのように地面に伏せった。

「いいか、林の中にもぐるんだぞ。今度ははぐれるなよ……」

二人は呼吸を合わせて立ち上がり、崖の反対側の密林の中にめちゃくちゃに攀じ登っていった。ダダダダ……。ダダダダ……。小銃の音はそれからもしばらく山や谷に木魂をかえしていた。――二人は一昼夜費やしてやっと部隊本部に追いつくことができた。

こういう経験は英吉だけのものではなかった。生き残った分隊の兵隊たちは、多かれ少なかれ斎藤軍曹にこうした厄介をかけていた。だから、部隊本部が最後の集結地である土人部落で極度の飢餓に襲われ、部隊の士気がまったく乱れてしまっても、斎藤分隊だけは秩序が保たれていた。

給与が途絶えると、兵隊たちは、野鼠、藷（いも）、トカゲ、木の根、草、そのほか毒でないものは手当り次第に口につめこんだ。自分で見つけた食物は、同僚に見つけられるのを恐れて、その場で貪るように食い尽した。それほどあさましい窮境に追いつめられても、どの兵隊も、自分で見つけた食物の分け前は、そのころ、悪性のマラリアが嵩じて、林の中の粗末な仮小屋で寝ていた斎藤分隊長のところには必ず持って来た。そして、分隊長の熱ばった額を冷やすために、誰も不平を洩らさず、半みちほど距った谷間の水を汲みに出かけて行った。

英吉は病人の枕元につきっきりでいた。ある日、珍しく本部からお粥の給与があった時、英吉が分隊長の飯盒を枕元にもって行くと、分隊長は頬のこけた青白い顔を英吉の方に向け、眼だけは燃えるように光らせて、

「吉田上等兵、今からお前にわしの最後の命令を伝達する」

それは、病人とは思えない気魄に満ちた声だった。英吉は「ハッ」と答えて思わず居ず

まいを正した。斎藤軍曹は、中から生命が覗いているような恐ろしい眼を英吉に注いで、ゆっくり句切って、

「分隊長は、まもなく死ぬことが分った。それでだな、今後、分隊長の食物は吉田上等兵が全部食べるんだ。そしてこの戦が勝っても負けても、吉田上等兵は無事で帰還したら、分隊長の分と二人分、国のために尽すんだ。わしは今日から水だけ飲む。水がいちばんうまい。……それがわしの命令だ。吉田上等兵！　復誦！」

生命が生命に命じてるような眼の色だった。

「ハイ……。分隊長殿は、死なれます。今後、吉田は分隊長殿の給与を戴きます。そして、分隊長殿と二人分、国のために尽します。分隊長殿は、水だけ……飲みます。水が……いちばん……うまいで……あります」

英吉は泣きながら復誦した。斎藤軍曹は満足そうに頷いて、

「よし、その粥を食え」と言った。英吉は塩辛い涙と一緒に粥を啜った。

その日の夜であった。英吉が眼が冴えて眠れないでいると、そばの分隊長がふと声をかけた。

「吉田、おれはあと一週間も持つまい。ただ一つ気がかりなことは、女房と子供のことだ。女房はわしの両親に嫌われてまだ籍も入れてもらえずにいるんだ。……もしお前が帰還できたら、女房のところへ訪ねて行ってくれんか。そして何なり力になってやってく

れ。変なことを言うが、女房の奴は、若い女としてはわりにしっかりした奴だと思うんだ。それで、わしは、お前には済まんことのようだが、もしお前がそういう気持になったら、あいつを貰ってくれるといいと願ってるんだ。古物を押しつけるようでお前には気の毒な話だが……。しかしそれは人間同士の関係だから、お前と女房の気持しだいだけどな……。可哀そうな奴だ……」

それはさり気ない調子だったが、長い間、胸の中で温められていたに違いない、ひそかな、細やかな、そしてひとすじな呼吸(いき)遣いが籠っていた。斎藤分隊長が、細君のことを口に上せたのは、その時ただ一回ぎりであったが、それだけに、男らしい分隊長の人柄に裏づけされて、その話は英吉の胸に深い印象を刻みこんだ。

斎藤軍曹はそれから十日目に枯れ木が折れるようにしずかに息を引きとった。兵隊たちは、土民の風習に倣(なら)い、穴を掘って分隊長の遺骸を丁寧に葬った……。

「分隊長殿の爪と髪を形見にもって参りました……」

そう言って、英吉は、内懐ろからクタクタになった小さな紙包みをとり出して、春枝の前に差し伸べた。

英吉の話は、決して滑らかなものではなかった。それどころか、吃りがちで、おまけに短く、歯痒いぐらいだった。しかし、春枝の身に疼いている、行雄に対する塞がれた愛情が、熱い湯のように英吉の乏しい言葉を溶かして、春枝は目のあたり懐かしい行雄の体臭を嗅いでいるような気がした。もっともいちばん最後のところ——春枝と連れ添ってくれと言われた話には、英吉が遠慮して触れなかったから、行雄のいき届いた思いやりを、全部が全部、理解するという訳にはいかなかったが……。

春枝ははじめて、自分にとっても玉夫にとっても、かけがえのない、立派な、大切な人を失った悲哀に打たれた。胸がキリキリと揉まれるように痛んだ。そして人前も憚らず、しゃくり上げて哭いた。

「済みません、こんなにとり乱して……。いまお茶をいれますから。斎藤はあのとおり酒嫌いだった代りに紅茶が好きで、私の下宿に来てはよくお茶を飲んでおりましたの……」

春枝は、帰る日もあるかと思って、大切にしまっておいたリプトンの紅茶をとり出して、英吉にふるまった。それを飲んでしまうと、英吉は茶碗を伏せて、

「汽車の時間ですからもう失礼します。近いうちにまた来ますから」と、呆気なく帰っていった。

春枝はその晩、枕許に行雄の写真と形見の紙包みを置いて寝た。泣いてはいけないと思うのに、熱い涙があとからあとから湧いて出て、頰を伝い、枕を濡らした。もうこの世の中に何一つ拠り所もなく、どうして生きていけばいいのか、気力も何も一とさらいに押し流されてしまったような寂しい気持だった。

それから二日目、春枝が駅前の店に出ていると、吉田英吉が大きなリュック・サックを背負ってヒョッコリ訪ねて来た。そして、

「今日は坊やにお土産をもって来たぞ」と、リュックの中から、白い餅を十ばかり掬い上げて、戸板の上に載せた。玉夫は眼を丸くして喜んだ。ところが驚いたことには、一軒一軒店を覗いて歩いていた中年のおかみさんが、その餅を目にすると、さっそく寄って来て、

「それ、いくらなの。おいしそうね。一ついくら？」

「いや、いや。これは売り物でありません。とんでもない……」と、英吉はあわてていったんとり出した餅をまたリュックの中にしまいこんだ。

「ここは油断ができませんね」

「ホホホ……。だから闇市というんですわ」

春枝には英吉の飾り気ない様子が好もしく感じられた。

「いや。じつはこんな物でも売り物になればと思って奥さんにもって来たものがあるんです」

英吉はリュックを膨ませていた人参と牛蒡（ごぼう）の太い束をとり出した。

「売れますとも。見てらっしゃい。いま話してるうちに売れちまいますから……」

春枝は笑いながら人参と牛蒡を古着のそばに並べた。そして、向き合って炬燵に手を炙

りながら、気軽に話し出した。

「吉田さんの御家族は？」

「両親と姉一人妹一人ですが、二人とも嫁づきました」

「そう。それでは今度は貴方がお嫁さんをもらう番ね。どんな人がいいのかしら」

「わたしには分らんですよ、そんなことは……。それよりも、どうかわしの家にも一ぺん来てください。おふくろに奥さんのことを話したら、村の女たちはみんな着物を欲しがってるから、わしに荷物を担いで、奥さんたちを御案内して来いと言うんですよ」

「そう。そのうちに行くわね。御馳走してくださる？」

「鰊とトロロ汁ぐらいならあります」

「それから白い御飯と――。吉田さんとこ供出完納した？」

「はあ、親父は固いほうですから」

「お母さんはどんな方？」

「どんなって……わしは気象が母親に似たと言われております」

「そう。そんなら優しい方ね」

「わしは人から優しいなんて言われたことははじめてですよ」

英吉はその首筋や肩付きの逞しさにも似ず、柔和な光を湛えた眼を細くして、苦笑した。死んだ行雄を通して繋がれた二人の間には、初めから垣根がなく、うち融けた気持で話し合うことができた。玉夫は男の大人を珍しがって、英吉の膝の上に得意そうに載っかっていた。

　春枝が言ったとおり、人参も牛蒡もすぐ売れてしまった。英吉は小首をかしげて、

「わしは物価が上がっていくころ、内地にいなかったので、人参一貫目が百円だなんて、ドロボーでもしてるような気がしますよ」

「仕方がないわ。お互いさまなんだから……」

　代金は要らない、やる、で押し問答があった揚句、春枝は、売上金の二割だけもらうという法律を作って、英吉を不承不承に納得させた。

　それから後も、英吉は三日に一ぺんぐらいずつ、何か春枝に儲けさせる品物を背負って、街へやって来た。そして店の中で汽車の時間まで話しこんでいった。二人は急速に親しくなった。春枝にしてみれば、夫の部下であり、夫が死を覚悟したあと、二人分の食物を与えていた英吉が、夫の血を分けた弟のような気がするのだった。英吉の気持はもっと複雑で、できたら春枝と結婚するように頼まれていたのだが、それを考えることは、斎藤軍曹殿の恩誼を踏みにじるような気がして、ただ恩人の未亡人に尽す——そこまでしか先はいっさい考えないことにしていたのだった。

　ある日、春枝は、誘われるままに、汽車に乗って英吉の家を訪ねた。それはよく見かける普通の農家と変りがなかったが、子供がないので、家の中は塵一つ見えず、きれいに片

づいていた。

英吉の父親というのは、背が高く、眉毛がピンと弾ねた、気むずかしげな顔の老人だったが、不思議なことに、玉夫はたった一日で誰よりもこの無口な老人に懐いてしまった。母親というのは、神経痛かなにかで、片方の眼が少しひきつっていたが、物腰の穏やかな、英吉に似て柔和な顔立をした女だった。

手配がしてあったと見えて、着物が欲しい村の女たちが六、七人も集っており、その場で春枝のもっていったものを買う者もあり、新しく注文する者もあった。春枝は親身に相談に乗ってやった。そして、その晩は、引き留められて泊ることにした。

晩の食事が済んで、台所の大きな囲炉裡の焚火を囲んで、寒餅などを齧りながら、茶飲み話にふけっていると、春枝は、家庭というものの温かさが、腹の底まで沁みてくるような気がした。早く実母に死別した春枝は、長い長い間、そういう雰囲気に浸った覚えがないのであった。煤くさい、落ちついた「家」の空気の中で、春枝と玉夫は、その夜、夢も見ずにグッスリ眠った。

それがきっかけで春枝は十日か一週間に一ぺん、英吉の家を訪ねるようになった。来れば必ず泊って行った。そして英吉の両親はもちろん、村の女たちともだんだん顔馴染みになっていった。その間には英吉も街に出て来るし、一緒に映画を見に行くこともあった。

雪消えごろのある日、春枝は英吉の家に泊った。夜だった。囲炉裡にかけられた大きな鉄瓶はシュンシュンと湯気を噴いていた。主人の老人は、横座に気むずかしい顔をして坐り、ゆっくり煙草をふかしていた。その大きな胡坐の中には、玉夫が、赤い顔をして丸くなって眠っていた。春枝はそのはすかいの座に坐って、この家の繕い物をしてやっていた。向い側には英吉と母親が並んで坐っていたが、その日の新聞を読んでいた英吉は、隣の母親が、さっきから、何か大切なことを思いつめてる時の癖で、両手で頬を押し潰すような仕草をしているのが気になっていた。と、母親が不意に顔を上げて春枝に呼びかけた。英吉はなぜかドキリとした。

「なあ、お前さん。わしはどうしてもあの裾模様が思いきれんだよ。一ぺんお前さんの身体につけて見せてくれんかの」

「ホホホ……。私も、小母さん、あれは買い物だと思いますわ。英吉さんのお嫁さんのためにね。私なんかつけたって栄えないけど……」

春枝は座敷から風呂敷包みをもってきて、牡丹の裾模様のある黒紋付を自分の身体に着けて見せた。食事前、風呂に入った血の色がまだ春枝に残っていて、匂うように艶めかしかった。

「ほう、綺麗だ、綺麗だ。お父(とう)、綺麗でねえだが」

「――綺麗だ。吉原のオイラン様のようだよ」

老人はチラッと春枝の立ち姿を見上げて呟いた。

「阿呆なことを言うて……」と母親は囲炉裡の中へ胸を乗り出させて、

「わしはな、お前様がその紋付を着てうちの英吉のところに嫁に来て貰いたいのじゃが。どうじゃろの」

「まあ、小母さん、冗談ばかし……」

「冗談？　わしが冗談言う人間かや。大切なことで。……なあ英吉、お前もきっとそう思ってるだろが……」

「わしは……」と英吉は居ずまいを正し、焚火の焔を見つめながら固い声で言った。

「まだ奥さんに語っておらんことがありましたが、斎藤軍曹殿は遺言で、わしにできたらそういうことにせえと申されたのであります……」

　春枝は紋付をひっかけたまま崩れるように坐りこんだ。そして、鉄瓶の口から絶えず吐き出されてはすぐに消えていく白い湯気の営みを呆然と眺めていた。言葉を忘れた人間のようだった。母親は躍起となって手などふりながら、

「さあ、お父。お前も何か意見を言うがええだよ。こんな大切なこと、黙ってる法はあんめえ」

　老人は白い眼でジロリと女房を睨み、気難しい顔をいよいよ難しくして、

「そげえなこと、女が決めるがええだ。おらはな、おらはこの坊やを貰ってもう返さねえだよ」と胡坐の中の丸い赤い顔に目を落した。

春枝は、自分たち親子が安心して身を寄せられる所は、この家のほかにはないことを身体中で感じていた。しかし、そういう安心を目あてに再婚することが、若い英吉に対して済まないような気がして、それが春枝の言葉を封じていたのだった。その安心が、じつは英吉に対する愛情と、両親に対する信頼から湧いたものであることを覚ったのは、ずっと後になってからだった。

——まもなく、近親だけ寄って、英吉と春枝の質素な祝言が挙げられた。吉田の家ではコブ付きの嫁をもらったそうなという噂が、一としきり村の人の口に上ったが、春枝の明るい率直な人柄がじきにその噂をもみ消してしまった。春枝はすすんで農家の生活に慣れるように努めた。だが、姑は、世の中がよくなったら、春枝には商いの店を出させると言い張った。五月を迎えたある日、若夫婦は台地にある林檎畑で働いていた。白い林檎の花盛りに明るい陽が照り映えて、空気は水のようにすがすがしかった。台地の端で、田圃の景色を見下ろしながら、一服休みをしていた時、英吉がふとこんなことを言い出した。

「人間というものは大分こすくできてるとおらあ思うんだ。おらは斎藤軍曹殿へ義理をつくすためにお前を訪ね、お前と一緒になろうと思っていたんだが、今考えると、おらはお前をはじめて訪ねた時からお前を好きになり、それに曳きずられてお前と一緒になったというのがほんとうらしい。何もかもおらの都合のためなんだ。……だがおらあこのごろ、そのほうが斎藤軍曹殿も喜んでくれそうな気がしているんだ。おらはうわついちゃいなかったからな……」

春枝ははっと顔をそむけて、手もとの草をせわしく毟り出した。

「――ありがとう。嬉しいわ。……私は、私みたいな経験のある者は、愛情がそれだけ磨り減っているかも知れないし、貴方に気の毒なような気がしていたの。でも、愛情って、そんなものじゃなかったわ。泉のように新しく後から後から涌いて出て……。貴方には分りゃしない。私は貴方がいないと生きていられない気持なの……」

英吉は黙って、厚い掌の上で煙草の吸い殻をころがしていた。後ろの木の枝で小鳥がチチと囀っていた。新しく煙管に詰めた分をゆっくり吸い終ってから、英吉はふと気を変えたように、

「近いうち、玉夫を連れて軍曹殿の墓詣りに行こうと思うんだが……」

「うん、行く……」

春枝は手の甲で、眼の隅の涙をそっと拭って、夫の横顔をしげしげと眺めた。

そよ風がわたって、白い花びらが二た片三片舞い落ちて来た。

草を刈る娘——ある山麓の素描

近くに山林をもたない村の百姓たちは、秋になると、遠くの山の麓へ草刈りに行く。お天気を相手にして、晴れた日だけ選んで、一年分の馬草を刈るのだから、十日から二週間ぐらい、草刈り場の高原に小屋掛けして、寝泊りするのが普通である。

岩木山の南側になだれた広い裾野も、津軽平野の中に散在する五、六ヵ村の草刈り場になっていた。ここは、もっと奥の炭焼き部落に通うトラックの通路に添っていて、何かと便利がよかったし、一里ばかり離れた所に温泉も湧いており、少し早目に晩飯を済ませると、ゆっくり温まって来ることもできたので、毎年の草刈りは、馬を飼ってる百姓たちにとっては、楽しみな年中行事の一つになっていた。

で、その季節が来ると、百姓たちは、部落ごとに二十人、三十人と隊をなして、荷車に小屋掛けの材料や食糧や炊事道具などを満載して、裾野の高原に向って出発する。

目的地に到着すると、まず最初にやることは小屋掛けだ。炊事用の沢水と道路に近い一画を選定して、ここにめいめいの小屋を建てるのである。地面に杭を打ちこんで、長い木の枝で組み合わせた小屋の骨組みを、その杭にしばりつけ、屋根と周囲を厚い垂れゴモで被っただけの、至って簡単な住居である。それで、小屋のまわりに溝を掘っておけば、どんな大雨でも中へ洩れるようなことはないが、その代り強い風が吹き下ろすと、小屋ごとひっくりかえされてしまうこともある。そんな時には仕方がないから、はじめから建て直すばかりである。

遠くから一見すると、どれも同じつくりのようであるが、そばで見ると、どの小屋も、住み手の顔のように少しずつ異っており、屋根の形や入口の具合や、小屋全体の大きさや向きに、それぞれの好みのようなものを示していた。

内部は半分が土間で、仕事や炊事の道具が積み重ねてあり、半分は藁で敷きつめて寝床につくってある。女や年寄は、夜冷えこまないように、毛皮や丹前を持ちこんでる者もあるが、たいていは藁の上にゴロ寝をする。

明るい間は働いて、暗くなれば寝てしまう生活だから、ランプも蠟燭も使わない。炊事はめいめいで、朝と夕方には、小屋の前で煮たきする煙が高原の青い空にほそぼそとなびいて、澄んだ、薄い大気の中に吸いこまれていく。

そして、こういうにわか造りの小部落が、流れるような裾野の傾斜のところどころに散在するありさまを展望すると、人は誰しも烈しい漂泊の思いに襲われるであろう。話に聞く、ジプシー族の天幕村でも目の当りに眺めてるような気持で、ともかく漂泊の情というものは、人間の本質に深く根ざしたものであることを、瞬間的に強く反省させられるのだった。

どの草刈り部落の生活も、年とった、しかしまだまだ働く元気もある、一人の老婆によって統率される。生活が原始的になるほど母系家族の形態が似つかわしくなるのだ。集団内の風紀、秩序の維持、よその集団とのつき合いなど、ぶっきら棒な男よりは、知恵が細かく柔らかに働く女の年寄のほうが、手落ちがなく、スムーズに事が運ぶからである。

さて、F部落では、この三年ばかり、そで子という婆さんが、草刈り集団の統率者の役目を勤めて来た。色の白い、干し上がったように痩せからびた女だが、頭が働いて、気持もひろく、この一時期の流浪生活を、誰にも楽しく過させるすべをよく心得ていた。

今年、そで子は、自分の姪で、十八になるモヨ子という娘を連れて来た。モヨ子は、少しきついぐらいに黒光りする円らな眼と林檎色の頬をした明るい顔立ちで、若い衆たちを牽きつける、厚いハト胸をもった、元気な娘だった。背が低い、ジックリした身体つきである。

はじめて家庭のワクから放された高原の生活は、モヨ子には、何から何まで珍しく、面白かった。見知らぬ場所で、小屋をつくり炊事をするのから、大人がままごとをしてるようで気持が弾んだし、秋の柔らかい日光を一身に浴びて、手足を泥で汚すようなこともなく、サクサクと草を刈りつづける仕事も楽しかった。

だが、何よりもモヨ子は、ここへ来て、世の中がひろいのにびっくりした。彼女の部落も、四方をひろい水田に囲まれていたが、しかしじっさいに住んでいる宅地は、ごく狭いものだった。それがここでは、鍬一つ入れない未墾の草原が、山の中腹から迸るように流れており、遠くの深い谷間でそれがいったん切れたと思うと、谷の向こう側には、ここよりももっとひろい、なだらかな平原が国境の山麓まで続いていた。

（ほ、ほう）……と、モヨ子は嘆息まじりに考えるのだった。

世の中って、なんてまあ途方もなく広いのであろう。そこには狭いF部落の家で、親たちの監視の下に暮している自分などには、想像もつかないようないろんな出来事が起っているに違いない。悲しいこと、嬉しいこと、苦しいこと、楽しいこと……。そしてそれらを一つ一つ経験していくことが、彼女のこれからの人生になるはずであった。おお、どんなことだってやり抜いてみせようとも――。彼女の胸には、汚れを知らぬ熱い血がたぎり、彼女の強く張った腰骨には、疲れを知らぬ弾力が漲っているのだった。

人生というものをもっとじかに知りたい。――開放された草刈り場の生活は、モヨ子の心に、そういう憧れを、強く烈しく昂ぶらせていった。

それればかりでなく、部落の日常の暮しでは、垣根や塀や壁や羽目板などで隠されている人間の生活の秘密が、全部の小屋を合わせても両手で抱えられるほどの広さしかない草刈り場の集団生活では、何もかも手にとるように分ってきて、それがいちいち珍しく、モヨ子の目を見はらせたのであった。

着いて二日目の夜、モヨ子はふと、藁の寝床の中で目を覚ました。すぐわきには、身体を触れ合わせて、そで子婆さんが安らかな寝息をたてていた。

モヨ子は何を考えるともなく、眼をパッチリ開いて、藁の匂いで少し息苦しい暗闇をじっと見つめていた。するとと、小屋の前でペタペタと足音が聞え、誰かが垂れ幕をめくった。外のぼんやりした明るみの中に黒い人影がしゃがんでいるのが見えた。

「お前、誰だや？」と、眠ってると思ったそで子婆さんが、落ちついた声で尋ねた。

「おお、おら間違えたかや？　するとおらの小屋はどれだっけな。おらたしかにここだと思うたがな……」

寝呆けた男のだみ声がした。

「お前、金作だな？　ほんだらお前の小屋は隣だや……」

すると、もう一つの足音がペタペタと聞え、パシッ！　と頭を殴る音がして、ひそめた、鋭い女の声で、

「この助平爺よ。お前、その年して、ほかの女子の寝間さ夜ばいする気だか――」

「ほう、おら間違えたんだや。この暗闇だば何も見えねえものな……」

「見えねえ？　お前、三十年も連れ添うたお前の嬶（かかあ）の臭いを忘れたのがや。犬だって臭いかいで一里も二里も来るべ。……さあ、ここがお前の寝間だ。とっとと入れ……」

それっきりシーンとなって、高原を渡る夜風の音がソヨソヨと聞えた。

モヨ子はおかしくてならなかった。

「おばあ。おら、金作はほんとに間違えたんだと思うよ。だって暗くってなんにも見えねえんだものな。それだのにおっかあは亭主の頭をぶん殴ったでねえか」

「――お前起きてたのかや。あのおっかあは昔から焼き餅が強くての。あとのない、サッパリした、いい女子なんだどもなあ……」

「――おばあ」

「――おいよ」

「女子と男とどっちが強いもんけ？」

「ばかだの、モヨ子は。そらあ男が強いに決っとるや」

「――そんでも、いま、あのおっかあは金作の頭をぶん殴ったでねえか？」

「ふーん。……お前も年頃だからほんとのことを教せてやるかの。ほんとはな、女子のほうが強いんじゃ。ずっと強いんじゃよ。だがうっかりそんなことを口すべらすんじゃねえぞ。知らねえ間に男の手綱をとってしまうのが、女子の働きというもんだからの」

「ほんとけえ？」

「ほんとだあ……」

「ほんなら、おばあは、来世にも、そのまた来世にも、女子に生れてくる気けえ？」

「そうだとも。誰が子供も生めねえ男などに生れてくるもんかや……」

「──おらもだあ。赤え襟がけして、絣の前垂れをしめて、トキ色の三角巾をかぶって……。おらも女子のほうがよっぽどええだや」

「この阿呆娘。お前、自分でよっぽどべっぴんのつもりでいるだな」

モヨ子はくらがりの中で、首をすくめてクスクスと笑った。

「もうお前、口を利くなよ。おら眠るだからな……」

まもなくそで子婆さんは、しずかな規則正しい寝息を洩らしはじめた。外には、風の走る筋が、近づいたり遠のいたりしてそよめき、小屋の中ではこおろぎが細い声で啼き出した。

モヨ子は、目に粘りつくような濃い闇の中で、しばらく眼をあけていた。そして、自分が、下腹部の滑らかな女である現実に一分一厘の疑いもなく満足して、やがて深い熟睡に落ちていった。……

ある朝、モヨ子は早くに目を覚ますと、寝足りた目は、もうどうしてもくっつこうとはしなかった。それで彼女は、そで子婆さんの眠りを妨げないように、そっと床から匍い出して、外に出てみた。

どの小屋もまだふかぶかとした眠りを貪っていた。

地面は朝露でしめり、こないだから草を刈ったあとが、バリカンでも当てたように、そこらの傾斜一面に、太い縞模様を描いていた。

太陽は上ったばかりで、血のように赤い色の雲や、滴るように濃い紫色の雲が、東の空を彩っていた。そして、その鮮やかな色彩は、刻々に変化していった。ほかの空の大部分は、まだほんとには明けきらず、海のようにうす青い色をしていた。

背後にそそり立った岩木山も、ぼんやりと寝呆けた色を残しており、深く刻まれた幾つもの谷間から、白い朝靄が涌いて、匍うように下の方へ流れていた。

靄は高原のそこここにも、白くポッカリと涌いており、生き物のように不思議な動き方で、地面に沿って流れていた。

モヨ子は両手を腋の下につっこみ、ときどき大きな欠伸をしながら、飽きもせず、四方の景色を眺めつづけた。

小屋のまわりをブラブラ歩いて、後ろの方にまわった時、モヨ子は変った一つの情景に出くわして、思わず（あっ！）と息を呑んで、その場に立ちすくんだ。

みんなの小屋から少し離れた所に、佐五治とトミ子という若い夫婦者が、とくべつ小さな小屋をつくって寝泊りしていたが、昨夜の風で箱の蓋があいたように、小屋が半分ほど転がされ、内部の情景がそっくり肌寒い野天の下にさらされていたのだった。

佐五治は、藁の中で、手を大きくひろげて仰向けに寝ており、赤い襟がけの女房は、佐五治の腋の下に頭を入れ、片手を佐五治の胸にまわして、二人ともグッスリ寝こけていた。仕事着を着たままだから、淫らな感じは針のさきほどもなかった。

（ほう……ほう……二人でなあ……二人でよ……）

モヨ子は、腋の下にさし込んだ両手で、自分の胴を締めつけるようにしながら、目を大きく見ひらいて、食いつくように二人の寝姿に見入った。悲しいような、苦しいような、厳かなような、うっとりするような、さまざまな思いが、車の輪のように彼女の胸の中でまわった。

「ううん……」と若い女房がうめいて、肌寒く感じるのか、身動きして、佐五治の身体にピッタリ寄り添うようにした。

「ほう！……ほう！……ほう！」

モヨ子はたまげたような嘆声を洩らして、いつまでもそこに釘づけにされていた。

すると、そこへ、いつ起き出したのか、そで子婆さんが姿を現わした。そして、まず、モヨ子のムッチリ肉づいた頬っぺたに、ピシャリ！と一発喰らわしておいて、

「たまに早く起きたと思うたら、お前なに見てけつかるだ、このばかメラシが……。お前だの見るもんでねえ……」

「ほう、おばあ、ほう……。おらあな、佐五治たちが風邪をひくべえと思うて、心配してただけだや。ほう、おらなにも……」

モヨ子は、自分の気持が誤解されたようなので、不平そうな表情をして、殴られた頬を

押えながら、二、三歩あとずさった。

「ぐぐっと行っちまえ。飯を炊くんだや……」

そで子婆さんは、そう怒鳴りつけてから、後ろに向き直って、寝こけている男の脛をつかんで、揺すぶり起した。

「佐五治！　佐五治よう！　なんぼねぶたいたって、手前の家がひっくりけえったのを知らねえでどうする気だばや？　起きれ。佐五治もあばも起きれ！　……」

佐五治は目をこすりながら起き上がった。口に藁すべが二、三本くっついていた。小屋が倒れて、天井がズンと高くなっているのに気がつくと、呆然としてボリボリ頭を掻いた。赤い襟がけの女房はつんのめったような恰好で、まだ目を覚まさなかった。

「佐五治よ、お前、あばと二人ぎりで、雀が巣さこもるようだあんべえに、むやみに小っちゃえ小屋をつくるがらいけねえだや。今度はもちっと小屋をひろげるだあ。そでねえと、お前、おら毎朝見まわりするに、いつもお前の小屋の垂れゴモの下から、足が三本だあ四本だあ出ているっけものな。フザマケ（行儀）がわりいだよ……」

「そうけえ、そんだら広くするべえ……」

佐五治は、口の中の藁すべをペッペッと吐き出しながら答えた。

後ろの方で、とつぜん「キキキ……」という、モヨ子のけたたましい笑い声が聞えた。

「このメラシ！　まだそこにいたのがや！」

そで子婆さんが、佐五治の小屋の土間から薪ざっぽうをつかんでふり上げると、モヨ子はなおも笑いつづけながら、野兎のように自分の小屋の方へ逃げ出して行った。もうそのころには、傾斜した広い野面のあちこちから、白いかまどの煙が細く靡いているのが見えた……。

モヨ子たちが草刈り場に住居をつくってから四、五日たった日の朝早く、細い沢目を一つ隔てたつぎの高原に、ほかの部落の集団がやって来て、小屋掛けをはじめた。

「ありゃあな、T部落の者たちだよ。今年は少し遅れただや。あの部落のため子という婆様とは毎年顔を合わせて、わしら仲のいいケヤグ（友達）になってるだよ。今年も来てるべと思うがら、おらちょっと行ってみるだからな……」

朝飯が済むと、そで子婆さんは、そう言い残して、高原をまっすぐに横ぎって行った。何でも見てみたいモヨ子は、来いとも言われないのに、少し間を置いて、そで子婆さんの後を追って行った。

だいぶ歩いて、境界の沢目に近づいたころ、向こうの方からも、草原を横ぎって、年寄の女がやって来るのが見えた。そで子婆さんと反対に、豊かに肥った身体をネルの襦袢で包み、肉のついたあから顔に、白いつややかな髪をかぶった、ゆっくりした感じの老婆だった。

二人の年寄は、お互いを認め合うと、手をあげて、嬉しそうに沢のふちまで駈けよった。

「ため子さんけえ。これはお久しゅう……」

「そで子さあもな。お前、去年よりも若くなったでねえか。ほんとだえ。……」

「おお、おら若返ったとも。これでもおらあまだ色男をもつ気でいるからな。ハッハッハ……」

二人の年寄は、腰を伸ばして、ケラケラと高らかに笑った。それから、今年の作柄やら、近ごろの物価やら、農地法の改革やら、その他の世間話などを、年寄らしく長々と話し合った。モヨ子は、少し離れた所で、退屈しきっていた。

「ときにため子さんや。お前、今年は何を連れて来たかや？」

「今年は若い衆が一人だよ。おらの別家のオジ（弟息子）だがな。春に復員しただが、気象のいい若え者だよ。お前さんはの？」

「おらは姪メラシを連れて来ただ。十八だがな。背は低いども、腰骨の太い、バンとした、よく働くメラシだや……」

「そうけえ。ほんだら、おらのほうは小屋掛けを昼前に済ませて、昼過ぎから草を刈るつもりだから、若え者同士、かみ合わせてみるべえがな……」

「よかべ、よかべ。年寄にはこんなことが楽しみなもんでな。なんぼでも多くまどめだら、極楽さ行ぐ助けになるべがらな……」

そこで、二人の年寄たちは、また反りかえって、おかしそうに笑った。

モヨ子は、何だか具合が悪く、顔がポッポッとほてってきたので、逃げるようにそこから離れてしまった。

そのあと、自分の持ち場で草を刈っていても、遠くで人々が小屋掛けのために立ち働いているT部落のほうが気になって仕方がなかった。そして、ときどき身体がほてったり、胸がときめいたりした。

昼飯が済むと、そで子婆さんが言った。

「モヨ子。お前、こんだ別のところで刈るだよ。あっちの沢目に沿うて、ずうと上の方に刈って行ぐだよ」

「おばあ、そう言うけんど、おらこっちのほう、半分しかけたばかりでねえかよ」

モヨ子は表情を固くして抗議した。

「ええだ。その分はおらがやる。ともかく、お前の刈る場所を教るがら、おらと一緒に来いや」

「そんでも、おらあ——」

「ほれ。来いったらよ……」

そで子婆さんは、連れ立って歩きながら、モヨ子の髪から草や藁屑をとってやった。

沢目に近づくと、今朝のように、向こうからため子婆さんが、後ろに若い者を一人従えてやって来た。

「今朝がたはハア。おらの姪メラシでモヨ子だすや」

「今朝がたはハア。おらの別家のオジで時ジョウ（造）だすや」

　時ジョウは軍隊のシャツとズボンを着けて、首に手拭を巻いていた。肩の盛り上がった、中背の若い者で、髪を油で撫でつけ、顔はあかく陽やけしていたが、目鼻立ちの印象は、強くハッキリしていた。

　モヨ子は、盗むような鋭い一瞥で、時ジョウの男ぶりがわるくないことを見てとった。

「さあ、お前たちはケヤグ（友達）だからな。二人で沢目のなりにずうと刈って行ぐんだや……」と、そで子婆さんは命令するような口調で申し渡した。

　若い二人は、怒ったようにムッチリした顔をして、細い沢目を隔てて、並びながら、草を刈って上の方へ動き出した。年寄の女たちは、ちょっとの間、その後ろ姿を見送っていたが、すぐに忘れたように自分たちの世間話をはじめ、今晩、一緒に嶽の温泉に行く約束などをして引き上げてしまった。

　モヨ子は大きく鎌を使いながら、少しずつ緑の斜面を匍い上っていた。傍目はしないのだが、それでも視野のどこかには、沢の向こう側で動いている時造のカーキ色の姿が、絶えずもやついていた。

　あたりはもう二人だけの世界であった。空は青く晴れわたり、沢水はチョロチョロと呟き、ところどころに、すすきの穂が銀色に煙って、わずかの風に揺れ靡いていた。それは昨日と変りない眺めであったが、モヨ子には今日の昼過ぎから、世界がまったく違ったもののように感じられるのだった。何というか、いままで空っぽであったものが、急にビッシリと実が入って来たような気持であった。そして、その中心に自分が動いているのであった。

沢目に灌木が茂っていて、向こう側が見えなくなる所があった。それが少し長く続いてる場所だと、モヨ子は、天地の中に一人ぼっちにされたような寂しさを感じて、鎌を止めてじいっと沢の向こう側を見守った。そして、灌木の茂りの端の方に、時造のカーキのシャツが見え出すと、ホッとして、何気ない風で自分も仕事をつづけるのであった。

男と女が並んで刈るのだから、モヨ子のほうはとかく遅れがちだった。すると、男のほうでは加減して待つようにしてくれるので、結局、二人はそう離れずに、山の懐ろ近く刈りすすんで行った。後ろを振り向くと、二つの部落ははるか下の方に小さく眺め下ろされた。

ふと時造が歌を唄い出した。

〽重五七が
十五になるから山男

肩にまさかり腰になた
いたや花の木伐りそめて

…………

腹の底から絞り上げる逞しい肉声で唄われる山唄は、いくつも木魂を呼んで、高原の中にビリビリと響きわたった。それは、聞く者の胸の奥底に眠っている何者かを呼び起しモヨ子は身体中の血が涌き立つようにクラクラとした。そして、相手の歌が止むと自分も憑かれた者のように、精いっぱいの声で唄い返した。

〽重五七が
沢を上りに笛吹けば
峰の小松はみな靡く

…………

女というものを丸出しにしたような、滑らかな肉声の旋律が、時造の肩先から足の裏まで、焼け火箸のようにグサッと突きとおっていった。そして、この唄のやりとりは、男女の語らいのもっとも原始的な形態のものだった。

「ケヤグ（友達）！」

と、モヨ子が唄い終るのを待って、時造がはじめて声をかけた。

「一服休みにしねえがや。お前疲れたべや」

「うん。休んでもええども……」と、モヨ子は臆せずに答えた。

「そんだら、おらそっちさ行ぐがらな」

時造は沢目に下り、蔓や灌木の下をくぐり抜け、ささ水を跨いで、モヨ子のいる方に上って来た。

温まった草原に両足を投げ出して、男が近づくのを迎えたモヨ子は、時造がやはりいい男ぶりだということを、もう一度確かめることができた。

「お前だめだな。お前の刈ったあとは、素人の床屋みてえで、刈り残しがいっぺえあるでねえが」

時造は少し離れた所に坐って、鎌で、モヨ子の刈り跡をさしながら言った。

「うん。いつもはこうしねえども、今日はお前ど競争だと思うてや……」

「お前、仕事をそうやって、あとから仕直すことは、時間も手間も二倍かげることだや……」

「うん、今度しねえ」

時造は腰から煙草入れを抜いて、煙草を吸い出した。そのときライターをこすって火をつけるのを見て、モヨ子はひどく珍しく思った。

「お前、ハイカラな物もってるなあや」

「うん、おら貧乏百姓のくせに、持ち物には贅沢したいほうでな。三百両もとられだや」

モヨ子は、時造が貸してくれたライターをこわごわこすって、発火すると、子供のように歓声をあげた。

とくべつな話もなく、二人は午後の陽を浴びて、じいっと坐っていた。ただそれだけで、強い電気のようなものが二人の間に起って、それが身体のふしぶしを痺れさせていくのを、モヨ子はボンヤリと意識していた……。

「さあ、また刈るべ。草刈りはお天気を盗まにゃなんねえからな……」

時造はムックリ立ち上がると、沢目を渡って、自分の持ち場にかえっていった。

二人はまた並んで鎌を振い出した……。

その夜——。

鈍い電灯の光が、粗末な浴場の中を照らしていた。ところどころ開け放した窓から、湯気が絶えず流れていくので、浴室は涼しいほどだった。涌き壺からひいた二本の樋が、豊かな量の湯滝を浴槽に落しているので、そのおかげで、建物の粗末なのがうち消されているようだった。

モヨ子は、年寄たちの湯が長いので、流し場で退屈しきっていた。ことに、そで子婆さんが長湯で、一回も湯ぶねから上がらず、湯滝で腰や背中を打たせたり、首まで湯ぶねにつかったり、また打たせたり、際限がなかった。そして、やっと流し場に匍い上がったかと思うと、顔色が見てる間に白く変り、「こら！　モヨ子！　おらを押えろや！」と呟きながら、前のめりに流し場に伏さってしまった。六、七人入っていた浴客の女たちは大騒ぎをはじめた。誰よりもモヨ子が胆をつぶし、婆さんを仰向けにして自分の膝の上に抱え上げると、

「おばあ！　……しっかりするだ……。おばあ！」と叫びたてた。ため子婆さんもあわてていたが、

「そうしてろや。おら時ジョウを連れて来る。ありゃあ看護の兵隊でな、病気のことはよく知ってるだよ……。時ジョウ、時ジョウ！」と、裸のままで、羽目板の向こう側の男湯の方へ駈け出して行った。そして、すでに着物を身につけていた時造の腕を曳っぱって、引っ返して来た。

「湯あたりだや」

時造は一と目みるなり事もなげに言った。

「お前たち、反対のことをしてるだや。水をぶっかけちゃいけねえし、頭を高くするのもいけねえだよ。足のほうをもち上げて頭を低くしておくだや」

モヨ子は、自分の膝からそで子婆さんを床に下ろしてしまうと、急に裸を見られるのが

恥ずかしくなり、そっと湯ぶねに辷りこんだ。

時造は、そで子婆さんの胸に手を当てて、しばらく脈をみていたが、

「すぐ治まるだよ」と言って女湯から出て行った。

その言葉どおり、そで子婆さんはまもなく元気を回復した。しかし暗い晩でもあったし、時造は、モヨ子の細帯を借りてそで子婆さんを背中にくくりつけ、一里ばかりの夜道を、草刈り場の小屋まで下った。

そで子婆さんはひどく喜んで、モヨ子に蠟燭を灯させ、自分が寝酒にしている秘蔵のドブロクを、飯茶碗に二杯ほど、時造に飲ませてやった。——時造の印象は、この出来事のために、モヨ子やそで子婆さんの胸の中で、急速に親しみ深いものになっていった……。

毎日、お天気がつづいた。紫外線でも強いのか、ここで働いていると、人々は、男も女も、二、三日で、あかぐろく、見事に染め上げられてしまう。そして、高原は、日に日に、畳を敷いた座敷のように、きれいに刈り上げられていった。

ある日、モヨ子は、働いてる間に、沢目の向こうの時造が、足許の地面を見まわしたり、ポケットに手をつっこんだり、何か探し物でもしているらしい様子が目に止った。

「時ジョウ、お前どうかしたんけ?」

「うん、ライターが見えねえだや……」

「あれ、あんな高え物、お前落したんけ? ばかでねえか」

　モヨ子は自分の物のように少し気色ばんで、沢を渡って、時造の草刈り場に行った。

「どこらだが心当りがねえのかや？」

「ねえ。おら諦めるだよ。海の中へ石ころを落したようなもんで、こう広い野っ原じゃ探しようもねえものな」

「お前、思い出してみれ。ほんとに心当りがねえのかや？」

「うん。……おらあな、さっき沢目に下りて糞を垂れただよ。そん時かも知らねえと思うども、それだってどこらへんだか見当もつかねえすや。……おら諦める」

　モヨ子は眼の色を輝かせた。

「時ジョウ。お前、糞を垂れたのがや。ほんなら臭いかいでいけば分るべや。おら、探して来るう」

　モヨ子は、止めるのも聞かず、沢目に下りて、水の流れについて下って行った。茂った灌木の下をくぐり抜けていくガサゴソという音が、しだいに遠くへ移っていって、やがて聞えなくなった。時造は、どうでもいいという風で、草原に大の字に寝ころんでいた。

　まもなく、ずっと下の方で、モヨ子が沢目から姿を現わした。

「時ジョウ！　あったぞう！」と叫びながら、一心に傾斜を駈け上って来た。そして、犬ころのように烈しい呼吸遣い（いき）を洩らしながら、時造のわきにペッタリと坐りこんだ。

「やっぱりそうだったや、時ジョウ。でも、お前、熊みてえに大糞垂れるでねえがや」

「おら、うんと食って、垂れて、働く主義だもんな」

「おらもだや。……時ジョウ、お前、煙草のめ。おら火つけてやる」

時造が煙管にタバコをつめると、モヨ子はライターを磨った。二服目に火をつけると、

「どら、おらものむべ」と、横合いからその煙管を奪って、一と口つよく吸った。そして、烈しく噎せかえって、涙を流した。時造は声を立てて笑った。

「おお、辛(かれ)えや。……でもな、おら、年寄になったら、煙草をのむことに、いまがらちゃんと決めてるんだや。なあ時ジョウ、おらの理想を語るがら聞いてけれや。おらあな、まず嫁になるだ……」

「どごさよ?」と、時造が顔色を硬ばらせて聞き返した。

「どごって、貰いに来たどこさよ。なあ、そして、おら、亭主に従ってうんと働くだ。子供もジッパリ生むだ。そして年寄になったならな、おら炉端さ坐って煙草のむだ。女子持ちの細い金の煙管でな。それがら金の小っちゃえ杯でドブロクものむだよ。なあんと結構な身分でねえが。お前、どう思うがや……」

　モヨ子は時造の膝に手を置いて、返事を促すようにそれを揺すぶった。

「まンつ結構だな。したども、子供をジッパリ生むって、こりゃあお前、日本の農村の現状では、零細農ばかし増やすことになって、よっぽど考え物だや。少ない子供を丁寧に育てろつうが、おらもそう思うだな」

「お前、産児制限だべ。おら、反対だや。おら、腹の中の子供みんな生み上げてしもうて、カラカラと枯びた、気持のいい年寄になりてえだよ。女子の気持って、そういうものだや。……さあこんだお前の理想ば語ってきかせろや」

「おらか――。おらな、ジャバに進駐したり収容されたりしてる間に、向こうの農村を見て考えたんだがな。おらたちの農村のやり方じゃだめだと思うだよ。半年雪さ埋められで、米一方の単作農をやってるんじゃ、いつまで働いても百姓の暮しは楽にならねえだや。なんぼ天がら民主主義つものが降って来ても、こう貧乏だ国では、百姓の暮しは向上しねえだ。百姓自身が目覚めて、仕事のやり方を変えねばできねえだよ。牛も豚も飼う、加工品もつくる、冬分の手工業もやる……」

「多角経営つもんだべ」

「そうだや。そして子供たちには、肉だ卵だ牛乳だを飲み食いさせて育てるんだ。日本人は体格がわりいだからな。まずい物食って、坐って暮すのがよくねえだよ。外国人――それも白人に較べたら、体格の点で、男もズンと見劣りするだが、女がことに貧弱だや。お前、足も身体もまっすぐな外国の女たちの中さ日本の女が混ったら、南京米袋さ大根を二本くっつけたみてえに恰好がわりいだや。ほんとだあ……」

「お前、おらの耳が痛えようなことを言うだな。……外国の女子は、お前の糞の臭いを嗅いで、ライターを見つけてくれねえだよ。時ジョウは恩知らずだや……」

「痛え……。お前、人ばつねって……。話だや、ただそうだっつう話だや。お前とは別のことでねえか……」

時造はつねられた二の腕のあとをこすって、よく光るモヨ子の眼を見つめていた。と、不意に低く「うう」と獣めいた声でうめいて、モヨ子の肩に手をまわして地面にひき倒し、その上に身体ごと押しかぶさっていった。だが、烈しい呼吸遣いが二つ三つ洩れたかと思うと、

「いて！　いて！　いて！」と悲鳴をあげて、また自分から起き上がってしまった。シャツの袖が嚙み裂かれ、腕に深く刻まれた歯形から、濃い血が滲み出ていた。

「山猫みてえに人ば嚙んで、おらあわりかったども……」

時造は、首に捲いた手拭で傷口を押えて深くうなだれた。

モヨ子は火のような怒りの色を顔に漲らせて立ち上がった。

「おら、けだものみてえなお前とは、もう口を利かねえだや……」

そう言い捨てて、沢目を越えて自分の領分に帰ると、モヨ子はクルリと後ろをふり向き、乱れた精いっぱいな調子の言葉で、

「時ジョウのばかヤロ！……多角経営の、産児制限の阿呆っ垂れ！」と罵った。そして地面にくずおれてエンエン哭き出した。

時造は、両手を後頭部に当てて、やけくそのようにゴロンと寝転がっていた。

秋の陽はまだ高い所にかかって、仲たがいした男女の上に、柔らかい光を降りそそいでいた……。

ある日、不吉なニュースが、高原で働く人々の平和をかき乱した。山麓から一里ほど下った街道沿いの雑木林の中で、殺人事件が起ったのである。被害者は十八になる近村の農家の娘であった。

五日ばかり前、その娘は母親の言いつけで、高原の裾の方を迂回している山道を通って、母親の実家のある村へ使いに出た。一と晩泊って翌る日の朝、三千円の現金と土産の野菜、下駄、衣類などを詰めたリュック・サックを背負い、娘は同じ山道を通って帰って行ったが、それっきり消息が絶えてしまったのである。

村の人々は総出で娘の行方を探した。草刈り部落にもやって来て、紺絣の筒袖に赤縞のモンペをつけ、橙色の三角巾をかぶって、リュックを背負った小柄な娘を見かけなかったかと尋ねた。誰も見た者はなかった。

村の人々は、山道を中心に、夜は松明(たいまつ)をともして、一日二た晩、娘の行方を捜しつづけた。だが見つからなかった。草刈り部落の人々は、娘に色男でもあって、一緒に逃げたのだろうと噂し合った。ところが、家を出たという日から五日目の午前、娘の死体が、部落から眼と鼻の距離の雑木林の中で発見されたのである。暴行された形跡はなく、リュックの中の三千円が紛失しており、太紐のようなもので喉を締められて殺されていたのである。

このニュースは、その日の午後に草刈り場に伝わったのであるが、おりから空までが暗く曇り出し、高原一帯に不安な空気を醸し出した。

殺された娘が同じ年の十八だというので、モヨ子は胸が凍るような烈しいショックを受けた。足が慄え、身体が宙に浮くようで、じっとしているのが苦しかった。それにも関わらず、いやそうあるほど、モヨ子は無気味な物見高さに駆られ、部落の人たちと一緒に、山から下りて来た木炭運搬用のトラックに乗せてもらって、現場に行ってみることにした。途中から時造たちも加わり、トラックは人間の鈴生りだった。

現場は、部落と部落との中間の長い坂道の途中だった。ちょっとした山の中腹をきり開いた道路だから、一方は高い崖で、一方は低い傾斜になっていた。娘は傾斜の雑木林の中で殺されたのである。

モヨ子たちがそこに着いた時、道路を塞いで人が黒山のように集っており、娘の死体は覗くすべもなかった。で、モヨ子は当惑してあたりを見まわしていたが、いきなり、少し離れた傾斜の雑木林の中にズンズン下りて行った。そして、いい加減の所で向きを変えると、今度は人が集ってる方へ、斜めに崖を上りはじめた。後ろに聞える足音を意識して、

「時ジョウ、お前、おらから離れねえでついで来るんだや。おら、恐えだから……恐えだから……」と、ひとり言のように呟いた。

て、ひたすら崖を匍い上った。

恐いくせに、モヨ子は物に憑かれたように、枝をくぐり、根をまたぎ、蔓をひきはずし
人だかりのいちばん前に、三人の巡査が立っていたが、思いがけない所から近寄って来るモヨ子を認めて、

「こらこら。気を注けるんだ……」と咎めたてた。

モヨ子はひるんで立ちすくんだが、不意に「フェ！」と悲鳴をあげて、後ろから来る時造の腕に飛びついた。踏みつけそうなすぐの足許に、娘の死体が転がっていたのである。

死体は頭を崖下に仰向けに倒れていた。着物は泥や夜露で汚れ、白い運動靴もグッショリ濡れて、顔には風呂敷がかぶせてあった。両手は不規則に投げ出され、露出した手首は濁った紫色に変っていた。枕許にはリュック・サックが置かれてあった。

モヨ子の身体は、風の中の木の葉のように慄えが止らず、時造の支えがなければ、一刻も立っていられそうに見えなかった。そのくせ、大きく見開かれた目は、死体に釘づけにされていた。

人々は、かわるがわる前に押し出して来ては、声をひそめて何かささやきあった。と、どこかの肥った婆さんが出て来て、死体のまわりを飛ぶ蠅を払いのけてやり、ふだんの高声で、

「まンつ不憫でねえがや……。この娘もなあ、早く嫁づいででもおれば、こしたら不憫だ

目にも会わねがったべにな。不憫だ、不憫だ。なむまいだぶ……なむまいだぶ……」と合掌した。

すこし落ちつきをとり戻していたモヨ子は、年は同じでも一とまわり小柄だと思われる不幸な娘の冥福を祈って、自分も手を合わせて深く頭を垂れた。拝んでいる間に、閉じている眼の端から涙が滲んできた……。

草刈り場に帰って来ても、モヨ子は背筋がゾクゾクするようで気持がわるかった。娘の不幸な姿を思い出すたびに「プッ！」と強く息をふき、手で口のまわりをあおって、自分の身体から悪気を払い退けるように努めた。

今朝まで、平和で、なにもかもが楽しかった草刈り場の生活も、その中にたくさんの不幸を宿したものの、ほんのかりそめのすがたに過ぎないものとして、モヨ子の目にうつるようになった。

夕食を済ませ、あちこちの谷間谷間から鼠色が漂い出すころ、モヨ子は恐くなって、さっさと小屋の寝床の中にもぐりこんでしまった。

夜中にモヨ子は、胸を圧されるような重苦しい夢にうなされて、ふと目をあいた。まっくらで何一つ見えなかった。山川のせせらぎや風の音が、ひそやかに聞えていた。ひそやかではあるが、世界を満たして聞えていたのである。

（ああ、おら、恐え……）

モヨ子は突き上げるような恐怖に襲われてゾクンと慄えた。くらがりの中から、恐ろしい魔の手が伸びて来て、自分に危害を加えそうな気がしてならなかった。小屋があったって、四方の垂れゴモの下のどこからでも魔の手が伸びて来て、自分を締めつけられるではないか。叫ぼうとしても声が出ず、すぐわきのそで子婆さんも気づかぬ間に、自分は死体となっているかも知れないのだ。たった今だって、そのとおりに行なわれ得るのだ。

こんな恐ろしい世の中なのに、ほかの人々はどうして平気で、笑ったり眠ったりしていられるのだろう。しかもここは、人里離れたさびしい山の中なのに……。

ふと、モヨ子の胸には、あの時、無意識に聞いた、肥った婆さんの言葉が蘇ってきた。

（この娘もなあ、早く嫁づいでもおれば、こしたら不憫だ目にも会わねがったべにな……）

そうだ！　そこに自分の恐怖の秘密があるのだ。世間の大人たちは、夫や妻や、たくさんの子供や孫や、自分が中心で動いてる、のっ引きならないその日その日の暮しなど、目に見えない、幾筋もの丈夫な糸で、この世に強く結びつけられているのだ。どんな魔物もそういう人々をさらっていくことができない。

それに較べて、まだ大人になりきれない生娘ほど、はかなくたよりない存在はないのだ。未来に対する淡い希望のほかには、何一つ、彼女を大地に結びつけておく絆がないのだ。だから、魔物はいつどこからでも気紛れに彼女を襲って、惨たらしい危害を加えることができるのだ。ああ、生娘であることの脆さ、はかなさ、恐ろしさ！

　モヨ子は、自分の生命の在り方を、風に慄える蠟燭の灯のようなものだと感じた。そして息が絶えるほどさびしかった。

（時ジョウはなぜはやく固めの約束をしようとはしないのだろう。時ジョウさえ親切に行き届いた心持でいてくれたら、おらはこんな、さむしい、辛い思いをせずに済むであろうに……）と、時造の厚い胸や、盛り上がった肩先が、急に目の前に押し被さって来るようで、モヨ子はほんとに息もつけなくなった。

　モヨ子は起き直って、藁の寝床から匍い出した。戸外はボンヤリとうす明るかった。三日月が空高く懸っており、白いちぎれ雲が、川のように紺色の夜空を流れていた。変に生温かい風が、一定の方向もなく、ためらうように低く匍いまわっていた。

　モヨ子は小屋を離れて、ほの白く浮いて見える街道に下りた。そして、目に見えぬ強い糸にでも牽かれるように、時造の部落がある方へ歩き出した。時造に会うことのほかは、頭の中に何事もなかった。

　いくらも行かないうち、道が大きく曲っている所に差しかかると、すぐ眼の前に動いて来る人影を認めて、モヨ子はギョッとして立ちすくんだ。が、次の瞬間には、

「時ジョウ！」と叫んで、バタバタと走り出し、男の肩先に力いっぱいに飛びついていった。そして胸に顔を埋めて激しくしゃくり上げた。

「時ジョウ。おら、恐くて、さむしくて、寝てえられねがったや。……なあ、時ジョウ、お前、おらを嫁にもらるが！　なあ、もらるべ。おら、なんぼでも働くだ。おら、お前の嫁になりてえだや。時ジョウ、おらばもられ……」

「モヨ子、お前、本気でしゃべってるだが？　おら、頑なだから、お前ウソをついてるんだば、あとで承知ならねえど。お前ほんとに嫁に来るだか。……おら、お前を一と目見た時から好きになっただや……」

「おら面白え。時ジョウ、おらば折ちょれるほど強く抱げや。おら、面白え……」

モヨ子は男の逞しい力で抱え上げられて、何度も男の髭面に頬ずりをした。それは、生れてはじめて経験する、灼けつくように幸福な瞬間であった。

だが、この時は、男のほうが落ちついていた。モヨ子の身体にまわした手をゆるめると、

「お前、今日はひどくおじけていただから、おら心配になって、お前寝てるかどうか見に来ただや。……夜中だから、お前帰れ。おばあに気づかれたらわりいだべ。話は明日するべや。おらお前にこれやるだから、しまっておげや」

男がくらがりの中で渡したものがライターであることを、モヨ子は手触りで知った。

「ああ。おら、年寄にならねえうちは煙草吸わねえだや。お前、大切なんだべ……」

「おらの志だや」

男は小屋の前までモヨ子を送って来た。そこでも一度「折ちょれる」ほどモヨ子を抱き

締めてから、ピタピタ草履の音をさせて白い街道を遠ざかって行った。

その後ろ姿が、うす闇の中に紛れるまで見送ってから、モヨ子はボーッと酔ったような気持で、小屋の中に忍び入った。

寝床にもぐっても、身体が燃えてるようで、寝つけなかった。で、モヨ子は、藁の上にはらばって、まだ掌に握っているライターを二、三度こすってみた。そのたびに小さな炎が小屋の中を照らした。モヨ子の頰には真っ赤に血の色がさし、その眼には、夢みるように潤んだ光が宿っていた。

「モヨ子は何してるだや。お前なにを灯してるだや」と、隣の藁の中から、そで子婆さんが、ねぼけ声で問いかけた。

「ライターだや。……おばあ起してわりかったな」

「ライターってアメリカのマッチみてえなもんだろうが……。お前どうして持ってるだ?」

「時ジョウが呉れただよ……」

「……お前、時ジョウと夫婦約束でもしたつうのか?」

「うん。時ジョウがな。どうしてもおらに嫁に来いって言うだや」

「お前行ぐ気が?」

「おら、行ぐ。……おら、時ジョウを好きだもん」

「ふん。よかべ。……だども、モヨ子は、ちゃんと固めの式を上げるまで、二人で寝たりしてはなんねえだや」

「おお、おばあ。おら、身を守ることを知ってるだや」

モヨ子はくらがりの中で大きな声で宣言した。

「おら、今だから話すがの。お前は思いやりのあるいい婿をつかんだぞや。モヨ子。こないだな、おら湯あたりして、時ジョウさおぶさって来たことがあるべ。あの時、おら加減も悪かっただが、年寄ってときどき怺(こら)え性がなくなるもんで、おら時ジョウの背中の上で小便垂れたんだや……」

「あや、汚ねえおばあだ。どうれで、おらの帯の二たとこばかり、グッショリ濡れておっただや」

「時ジョウはな、自分の背中が汚(けが)れでも、年寄のおらさ恥かかすまいどて、一言半句も文句を言わずに、ここまでおらを背負って来ただや。それだけの思いやりつものは、若え者には、ながなが持てねえもんでな。……それぐれえだから、時ジョウはお前もいだわってくれるだや。お前、ほんとにいい婿をつかんだど。……おら、明日にもため子婆さんさ話をつけて、今年の稲上げでも済んだら、向こうがら正式に申し込ませるようにしてやるがらな。……さあ、もう口を利かずに寝るだや」

「――おばあ、一つだけ教(おせ)れ。おら、このごろ、夜中に目が覚めると、胸がつまってな、ひとりで泣きたくなったりするだが、なんのためだべや？」

「そらあな、お前の身体が、そろそろ子供を生みたくなって来てるからだや」

「おお……おお……」

モヨ子は頰っぺたでも殴られたように、面喰らった嘆声を発した。

小屋の中はシンとしずまった。

隅っこの方で、地虫のようなものがシイシイ啼いていた。そのかぼそい音色に案内されて、モヨ子はまもなく濃い眠りの世界に入っていった……。

あくる日の天気は晴れ上がっていた。

モヨ子と時造は、小屋をはるか下に見おろす山腹の陽だまりで一服休みをしていた。時造は組み合わせた掌を枕にして、仰向けに寝転んでいたし、モヨ子はそのそばに、片手を地面について、横坐りに坐っていた。

「時ジョウ。おばあはな、おらは思いやりのあるいい亭主を選んだと言うてだっけ。お前、そうけえ？」

「思いやりがあるかねえか、暮してみにゃ分らんことだや。いまひとり決めしてたって、人間つものは、先のことで、大きな口は利けねえもんだからな」

「だども、おら、お前は親切な人だと思ってるだや。……おら、でも、一生に三度ぐれえ、お前に拳固でぶん殴られでもええと決めてるだけど……。その代り三度コッキリだや」

時造は苦笑した。

「おら、殴らねえで口で言うだよ」

「そうけえ。でもな、三度なら、お前遠慮しねえでもええだぞ……」

「お前の言うことは分らねえだよ。お前、おかしな女子だよ」

「――なあ、時ジョウ。おら、お前に約束してもらいてえことが一つあるだや」

「言えや。なんの約束だ？」と、時造は下目をつかって、いぶかしそうにモヨ子の顔を眺めた。

「そらあな、祝言が済むまで、おらはお前の身体に手をかけてもええだが、お前はおらの身体に手を触れてはなんねえという約束だや」

「呆れたメラシだや、お前は――」

時造は当惑したように舌打ちをした。

「今さら改めて約束しねえたって、おら、お前の牙にはこりごりしてるだからな」

「約束したな。ああ、おら、サッパリした……」

モヨ子はさっそく約束を実行に移して、時造の太い首筋から蟻をつまんだり、髪の毛から枯草を払いのけたり、なんとなく顎を撫でまわしてやったりした。時造はくすぐったそうに眼を閉じて、なされるままにしていた。

「おら、眠いだや。少し眠るだからな……」

「おお、ねれ。……女子が山で昼寝すると、蛇に入られるつうだから、おら起きてて、お前の番をしてやるだや」

モヨ子は少し背伸びをして、しだいにゆっくりした呼吸を整えてくる時造の寝顔を、母親のような眼差で、じいっと見守っていた。

そのうちに、誘われたのか、自分もトロトロと眠気を催した。と、モヨ子は、時造の腋に、斜めから頭をつっこむような恰好で、コロリと横になり、肱を枕に当てた。そして、いつかの明け方、風に小屋を倒された佐五治夫婦もこんな寝相をしていたっけ、と思い出しながら、短い眠りに落ちていった。

人が寝てしまうと、後ろのくさむらの芒の穂が、急に銀色の光を増すように思われた。

無銭旅行の巻（抜粋）

八

私達は午前九時ごろT村を出発した。クレオパトラは、十分な食糧を準備してくれた上に、村の端れまで私達を見送ってくれた。

ほんとを云えば、私自身は、思いがけない所で知り合いの女学生に会って、家庭的な雰囲気の一夜を過したせいか、意味もなく歩きつづける無銭旅行がイヤになっていたのだ。出来れば、もう二三日クレオパトラの家でのびのびして、そのあとは家へ帰ってしまいたかったのである。

丸山の心にも、似たような倦怠の気分が生じていたものか、二人とも何となく身体が重く、気分が弾まなかった。そして、海に沿うた日照り道を二時間も歩き続けたころ、私達はささいな事から喧嘩をはじめてしまった。

「俺はお前なんかと歩くのはごめんだよ。自由行動をとる」と、私は道ばたの草むらに腰を下して、テコでも動かない様子を見せた。
するとと丸山は丸山で、

「俺だって自由行動だ。お前のような足絡みは犬にでも喰われるがいいんだ」と云い返して、意地っぱりな大股で、さっさと歩いて行ってしまった。

その後姿が、岩山を割った切通しの道の蔭に消え去ると、私は急に烈げしい後悔に、胸を噛まれた。こんなに遠い旅先きで、一人では何事も出来そうもない。私はそのままクレオパトラの所に引返したくてたまらなかったのだが、後めたい気がしてそれも出来なかった。

海の眺めは、もう飽き飽きして、なんの感興もなかった。私は起き上り、重い足を曳ずって、丸山が立ち去った方へトボトボと歩き出した。暑さは厳しく、道路には埃が厚くドフドフとたまっており、人も滅多に通らなかった。私は寂しさを紛らすために、大きな声で唱歌を唄ったりした。

来れや友よ　うち連れて
愉快に今日は　散歩せん
日は暖かく　雲晴れて
…………

だが、唄ってみると、うち連れる友を失った現実と歌詞の相違が意識されて、私の孤独感は一そう深められるばかりだった。

間もなく、行く手に小さな漁村が見え出した。山の傾斜が海につっこんでる窮屈な地勢の所に、潮風に吹きさらされて白茶けた家々が、傾斜にへばりつくようにして段々に建っている、見すぼらしい村だった。そこへ近づきながら、私は少し変だナと思った。というのは、まっくろに陽やけして、目玉ばかりキラキラ光らせた、十人ばかりの素ッ裸の男女の子供等と、腰巻一つに薄地の肌襦袢一枚をまとった中年の女達が、何かヒソヒソ囁きあいながら、村の入口のあたりで、私の近づくのをジロジロ眺めておったからだ。

私ははじめ、こんなへんぴな村の人達には私のような中学生を見るのが、珍らしいことなのであろうと考えた。ところが、彼等の傍まで歩みよると、

「来た来た、気ちがいが来たぜ」

「このアンちゃん、気ちがいだとや」などと囁く子供等の声や、

「ふびんになあ。見ればちゃんとした恰好してるのになあ……」

「したどもよ、やっぱり目つきが少し変ってるだや。気ちがい眼（まなこ）と云うてな……」などと話し合う女達の声が、ハッキリと聞きとれた。

私は思わずカッとして、

「なにイ！」と、足を止めて子供等を睨みつけた。すると、女や子供達は、一旦「ワッ」と叫んで飛び散ったが、今度は離れた所からおおぴらに、

「やーい、気ちがい！」

「馬鹿ったれ！」などと囃（はや）したてた。そして、私のあとにゾロゾロとついて来る。

口惜しかったが、構わず歩き出すと、子供等は悪口を浴びせて、だんだん人数を殖（ふや）しながら、しちっこくあとをつけてくる。両側の家々から大人達も出て来て、私の方をジロジロ眺めている。そのうちに、私の足もとに小石がバラバラと飛んで来た。

「チクショウ、餓鬼共！」

むかッ腹が立った私は、自分も往来の小石を拾って、本気で子供等の方に向き直った。悪童達には、かえってそれがスリルに富んだ反応だったらしく、

「やーい、やーい、阿呆！」

「気ちがい中学生！」などとわめき立てて、改めて小石をほうってよこした。

私も応戦せざるを得なくなり、地面を匍いまわって、新しい小石を五六箇拾い集めた。正当防衛で仕様がなかったのだ。すると、家の軒下で、さっきから子供等と私のケンカを眺めていた、白い詰襟服を着た五十年配の男が、手を上げて、

「アンちゃん、止め止めエ。子供等に怪我でもさせたらどうする？　ま、ま、おだやかに話すべえ、な、な、アンちゃん」と、猫撫で声で云いながら、私の傍に近づいて来た。

頭が半分禿げ上り、黒い鉄縁の眼鏡をかけた好人物らしい男で、役場の吏員か小学校の教員という風体だった。

それがキッカケで、子供等はもちろん、軒並み一人か二人顔を出していた大勢の大人達も、急にジワジワと私の周囲に押し寄せて来た。咥え煙管の老人もおれば、大きな陽に灼けた乳房をユサユサ垂れた裸のお上さんも、娘も、若い衆も、腰の曲った老婆もおった。また、往来の人だかりを見て、新に家から飛び出して来る人々の姿も、私の困惑した目の片隅にチラと映じた。――かくて私は、おおかた黒い裸の皮膚を天日にさらしている人々の厚い垣に包囲されてしまったのである。どの目も、強い好奇心でキラキラと光って、私の心を萎縮させた。

白い詰襟服の男は、白扇を使いながら、

「さ、アンちゃん、儂等がおだやかに話すべえな。――アンちゃん、何処から来た？」

「弘前から来ました」と、私は、素朴だが荒々しい群集の圧力に押されて、自分でも思いがけない神妙な調子で答えた。

「ウン、そして何処さ行ぐ？」

「何処って当てがありません」

私の正直な答は、群集の間にざわめきを呼び起し、「やっぱりな」「気ちがいには当てがねえだべ」などと囁くのが聞えた。私はあわててつけ加えた。

「僕は無銭旅行をしてるんです」

「そうだべえ、そうだべえ……。ところでアンちゃんは一から十まで数をかぞえられるがな。さ、やってみれ、一とウつ、二たアつ……ほれ」

私は莫迦莫迦(ばかばか)しい事だと思ったが、自分が気ちがいでないことを証拠だてるために、大きな声で数を読み出した。すると、詰襟服の男は、私が数を読む速度に合せて白扇を上下させ、群集は一様に首をふって私の仕事を応援した。そして、私が十を数え上げると「ほう、感心なもンだな」「まんざら気ちがいでもねえべ」などと賞めそやした。

この時には、私はもう、私が気ちがいだなどと云い触らしていったのは、喧嘩別れして先きに行った丸山義雄のいたずらだという事を感づいていた。チクショウ、ひどい奴だ……。だが、丸山自身も、自分の思いつきのいたずらが、私の上に、こんなに重苦しく生ま生ましい成功をおさめている事実は、想像も及ばなかったことであろう。

それはさて、庶民階級の人々には、乞食や気ちがいに、物をくれたり身の上話を尋ねたりしたがる好みがあるものだ。自分等よりももっと惨めな人間が、この世に存在しているという意識が、彼等の気休めにもなり慰安にもなるからである。その時、私をとり囲んでいた男女も、ふだんは貧しい単調な漁村の暮しを送っている人々であり、その彼等にとっては、丸山が宣伝していった通り、私が気ちがいであれば、ふだん退屈さを紛らす好個の材料になるが、もし私が正気の人間であれば、それは彼等には一向つまらん事なのである。そして、そういう潜在心理に裏づけられた彼等の頑迷な輿論を、一中学生の青々しい理性で打ち破るという事は、駱駝(らくだ)が針の穴をくぐるよりも難かしい事であった……。

私が、数を読む第一のテストを通過すると、キャラコの小さな肌襦袢を、肥った上体にひっかけて、乳房をブランブラン垂れた中年の女房が、

「そんだら、今度は親の名を云わせてみれ。親ア知らねえようだば、本物のキ印だべし、親ア覚えてるようだば癒る見込みがある。な、云わせてみれ」と、詰襟服の男をそそのかした。

「そうだな。さ、アンちゃん、今度は所番地と父親の名前を云うてみれ。アンちゃん、父親があるべ、名前云えるべ？」

私はひどく莫迦莫迦しい事だと思ったが、四方から私に注がれる、粗野な、精気の強い視線に圧倒されて、すてばちな金切声でその試問に答えた。

「青森県弘前市土手町十三番地……」と、そこまでは淀(よど)みなく述べたが、さすがに気ちがいの親として父の名前を出すのに忍びず、思わず、

「加藤清正！」と怒鳴った。

人々はドッと笑い出した。

「笑うなでや。……それがらお母さんの名前は？」

「巴御前！」

そう答えた瞬間、私の目からはポロポロと涙が溢れ出た。それを見つけたブランブランの女房は、も一度笑いを爆発させる群集を制して、

「ほら、みれ。アンちゃん泣いてるど。なんぼ気ちがいでも、親の事を訊かれれば悲しいとみえでな。親子の愛情って格別だもンだものな。……ああ、おら悲し。泣けで来るだや……」と、手放しで、自分も目を潤ませた。

つられて、ほかの女達も洟を啜り上げたりした。なんだか分らんが、親子の情愛というものは、昔も今も日本の庶民達の泣きどころであることは確かだ。おかげで、まわりがシンと静まった。そして、私の悲しみも、水晶の玉のように透明でつきつめたものになっていった。こんな莫迦げた事ってない――そういう反省は絶えず動いているのだが、しかし私は、私を囲む人いきれのする厚い壁を、どうしてもつき崩すことが出来なかった……。

九

一体に、田舎の人間は、悪意はないのだが、思いこむとしちっこいものである。私が、彼等を楽しませる材料になる事が分ったので、鼠をいたぶる猫のように、彼等はいっかな私を離そうとはしなかった。

詰襟服の男は、したり顔に扇で煽いで、

「ふむ。せば、アンちゃんは、加藤清正と巴御前の間さ生れだんだな。大したもンだな。……見ればアンちゃんは、中学生の服を着てるども、ほんとに中学校さ行ってるのが……」

「ほんとに中学生です！」

「ふむ。中学生だば、英語習ってるべ。アンちゃん、何か英語喋ってみろや」

莫迦らしい！　答えまい！と思うのだが、群集の熱ぱしった期待がむりやり私の痩せ細った身体から、答を曳き出してしまうのだった。――上わずった、精一杯な発音で、

「ゼス　イズ　ア　ブック！」

「ふーむ。……いまのは、コレハ本デアルという英語だが、間違いがねえ。そんでは、雀は何と云うがな、アンちゃん？」

「スパロウ！」

「女子わらすは？」

「ガール！」

「馬コは？」

「ホールス！」

「漁師は？」

「フィッシャーマン！」

「亭主は？」

「ハズバンド！」

「朝まに食う飯は？」

「ブレックファスト！」

「ふーむ。みんな合ってる。アンちゃん、豪えな……」

詰襟服の男は、私を試すと同時に、自分の博学ぶりを群集に示したことで、大いに満足な様子だった。すると、群集の中から、ふざけた若い男の声で、

「アンちゃん、へちょ(臍)の事を英語で何と云うば？」

と尋ねた者があった。

私はその英語を知らなかったが、いままでと同じ調子で、歯切れよく、

「コナンドイル！」と答えた。コナンドイルは、そのころ日本の読書界に紹介され出した、英国の著名な探偵作家の名前であることは云うまでもない。

「その通り！」と、詰襟服の男は、扇をパチンと鳴らして肯いた。そして、自分の博学をもっと誇示する気になったらしく、

「アンちゃん、英語はそれで沢山だや。お前、中学生だば、英語ばかりでなく、幾何も習うべ。何か幾何の定理を一つ云ってみろや？」

私は、惨めなことは非常に惨めな気分だったが、さっきの英語問答で群集をアッと魂消させたことで、詰襟服の男と同様に少しばかり得意でもあったので、深刻そうな表情をつくって、朗々と二つの定理を諳誦した。

「三角形ノ二辺ノ和ハ他ノ一辺ヨリ大ナリ……三角形ノ内角ノ和ハ百八十度ナリ……」

「その通り！」と、詰襟服の男は、今度は白扇で、自分の頭をパチリと敲いて肯いた。

「なあんとこりゃあ、加藤清正だの巴御前だのって云わねば、このアンちゃんは秀才だや。惜しいもンだな……」

私を囲む群集は、そのつど、たまげたような顔をして、英語だの幾何だのという深遠な学問を吐き出す私の口元をじいと見守っていたのであるが、詰襟服の男のその結論で、私に対するいたわりの気持ちが急に増していくのが感じられた。乳房の垂れた女房が一説を述べた。

「せば、このアンちゃんは、学問馬鹿つもンだべ。あんまり学問して頭こわしたんだべ。まンつふびんにな……」

「うんにゃ、そりゃあ違うべ……」と、横合いから出て来た白髪頭の老婆がそれを否定した。

「アンちゃんだって年頃だし、好きだ女子に逃げられで、それが頭さ来たんだべ。よぐある事だものな。……アンちゃん、アンちゃん、お前、娘っ子好きだべ？」

顔中皺だらけの老婆が、細い首をかしげて、下から私の顔を熱心に覗きこんでるのを見ると、私はどうしても嘘が云えなかった。

「僕は……嫌いではありません！」

群集はざわめいて頷き合った。

「そうだべえ、おらの眼（まなこ）には狂いがねえものな」と、老婆は真面目くさって首を大きくふり、それから周囲を見まわして、

「ソデ子……ソデ子よ。お前、このアンちゃんの前さ立ってみろ。ソデ子……」

　すると、群集の中から、老婆の孫娘でもあろうか、丈夫な身体つきをした十七八の娘が現われて、はにかみ笑いを浮べながら、私の前に突っ立った。髪にフンワリ手拭いをかぶり、袖無しの肌着に、赤い格子縞のネルの腰巻をしめて、足には藁草履をはいていた。コンガリ陽やけしているが、顔立は整って美しく、綻（ほころ）ばせた唇の間から、真っ白な歯並びが覗いている。スベスベとよく伸びた両腕を、肩のつけ根からむき出して、右腕には小っちゃな種痘のあとが刻まれており、厚いハト胸の両側には、肌着のうすい金巾（かなきん）を通して、円く盛り上った乳房が、まるで私に向けられた二台の機関銃座のように突起していた。

　そういう娘にとつぜん前に立たれたので、中学生の私は、思わず固唾（かたず）をのんで一二歩後に下った。その瞬間、無意識だったが、私の顔には、ニヤッと卑屈な微笑が浮び上ったのかも知れない。——群集は笑ったりどよめいたりした。

「やっぱりなあ。気ちがいでも、女子わらすは好きだどや……」

「ソデ子を見たらニコカコと笑ったもンな。色馬鹿ッつ訳だや。ふびんにな……」

「ソデ子、ソデ子。お前こんだアンちゃんの手エ握ってみれ。どうした事をするもんだが……」と、群集の中から、好奇心に駆られた女の声で叫んだ者があった。

人々はワッとその思いつきに賛成した。ソデ子という娘は、色気ちがいを試すために自分が選ばれたのは、自分が村一番の小町娘である証拠だと、内心得意そうな気ぶりも見せておったのだが、さすがに手を握ることまでは出来ず、捕えられた動物のように脅えている私の顔を、チラッチラッと眺めて、最後に、

「おら、いやンだ」と首をふった。すると、例の乳房を垂れた女房が、ソデ子を押しのけて、いきなりムンズと私の手首をつかみ、ゲラゲラ笑いながら、

「さ、アンちゃん、小母（あば）ど一緒に行ぐべ。うんと可愛がってやるど。な、行ぐべ……」

ゾッとした私は、さっきの英語問答の気分が頭に残っていたのか、思わず、

「ノウ！（否だ）」と叫んで、乱暴に女房の手をふりもぎった。

ゴウという笑い声の中に、

「なんぼ馬鹿でも若え娘がええどや」

「藤次郎の阿母（あば）ア振られだでばせえ」

「アンちゃん、出かしたどウ」などと、罵しる声が聞えた。

彼等は完全に私を娯しんでいた。私に学問があることは認めても、私が気ちがいであるという一線だけは、磯臭い赤銅色のガッチリしたスクラム組んで、決して解きほぐそうとはしなかった。群集というものが、ときには徹底的に残酷であることは、フランス革命に於けるパリ市民が証明している通りだが、私達の日常の社会生活にあっても、なにかの理

由で、誰かが、その時の私のように、群集から不当な扱いを受けるという事は、往々にして有り得ることなのである。

だが、物ごとには、潮のさしひきがあり、気ちがいの私をからかう群集の興味も、だんだんにうすれていったのは有難いことだった。そして、いまや彼等は、さんざんに私を娯しんだことに対して、代価を払う気持ちになってきたのである。

「さ、さ、今度はアンちゃんを好きだ所さ行かせるべし。……学問もある、いい若い者がふびんだな。親達アなんぼ悲しいだが……。よけいアンちゃんの邪魔をしたし、誰もみんな、アンちゃんさ食物もって来てやれ……」

白髪の老婆がそういうと、家が近い女達は、めいめいの家に駈け戻って、何かしら食物をもって来た。握り飯・漬物・干魚・黒砂糖の塊・塩辛・駄菓子・煎り豆・二銭や一銭の銅貨など、濡れた物も乾いた物も一緒くたに古い油紙に包んで、世話役の老婆は、無理に私に押しつけた。それを両手で抱えると、私は乞食の心理に転落したような情ない気がした。

「アンちゃん、また来いや」

「気イつけて行げよ」

女達からそういう言葉を浴びせられながら、人々があけてくれた道を、私は変にふんぎり悪く歩き出した。もう子供達も、石をぶっつけたり悪口を云ったりしなかった。私は一度も後をふり向かず、だんだんに足を早め、しまいには駈けるような勢いで、カギの手に外れた村端れの道を曲った。

もうそれで私の姿は村人の目から隠された筈だった。それでも私は、歩速をゆるめず、ハアハア息を切りながら道を急いだ。誰かが、長い腕を伸ばして私の襟首を抑え、も一度私を気ちがいの世界につれ戻しそうな強迫観念から、容易に抜けきれなかったのである……。

十

少し行くと、欄干がこわれかけた木橋がかかっており、その下をきれいに澄んだ、そして水量も豊かな川が流れて、海に注いでいた。川に沿うて、左手のコンモリと樹木が茂った丘の方へ、草ぶかい小みちが通じている。

私は本道を捨てて、その小みちに分け入った。誰も人の来ない場所に隠れたかったのである。間もなく、私はその小みちからも外れて、灌木の間をくぐり抜け、川べりの方へ下って行った。と、柔かい青草の生えた、狭い空地に出た。

川の流れは、そこでは石ころを嚙んで白い泡を立てており、少し遡る（さかのぼる）と、淵というほどではないが、深く湛え（たたえ）た水が底まで明るく澄みとおっていて、まん中に頭を現わした岩の上で、黒い色の小鳥が尻尾をヒクヒクと動かしていた。空気も、心なしか、そこだけヒンヤリと冷いようだった。

　歪(いび)つに張りつめていた私の気持ちは、そこに立つと、急にガックリとゆるんだ。私は、まず、私が気ちがいであったことを生ま生ましく物語る、両手に抱えた油紙の包みを、力いっぱいに地面に敲きつけた。それから、帽子を、雑嚢を、水筒を、上衣を、つぎつぎと敲きつけ、最後に私の身体を、青草の上にドシンと投げ出したのであった。しばらく伏せって、湿った草いきれを嗅いでから仰向けにひっくり返った。遠い、眩しい、滑かな円天井の空。……私は手足を大の字に投げ出して、複雑な感情の昂ぶるままに、エッエッと声をあげて哭(な)き出したのである。いくらでも哭けたし、またほんとに涙が溢れ出て、私の唇を塩辛くさせたのであった。

　そうしているのは、何というスイートな気分であったろう。たとえば、肉体が涙や嗚咽(おえつ)となって、溶けていくような、快よい無抵抗な感覚だったのである。

目を閉じると、故郷の町の断片的な風景や、そこで見慣れた人々の姿が、なつかしく瞼(まぶた)の裏に浮んだ。その風景やその人々から、ああ私はなんと遠く離れていることであろうか……。

丸山義雄はどうしたろう？　私は、私を窮地に陥れた丸山を憎んだ。しかしその憎しみは、同じ程度のなつかしさに裏づけられたものでもあった。もし彼がいま目の前に現われれば、私はさっそくに彼の手をきつく握りしめるに違いないのだ……。

私は起き上って裸になり、浅い流れの中にザブザブと入っていった。水は清らかで温かった。膝ぐらいの深さしかない。私は、まん中の、もっとも白く泡だっている所に行って足を伸ばして坐り、肩まで私の身体を水の中に沈めた。多少の圧力を伴った川水は、私の身体を掻き分けて、ちょっとも止まずに、勢いよく流れ去っていく。あたりはひっそりと静まりかえり、両岸の灌木林は、呼吸づかいも聞えるように緑の気を吐いていた。こもった枝の奥で、小鳥達が、気どりの無い声で啼いている。

水苔の滑かな石ころに背中をよせかけて、泡立つ水に身体を洗われていると、ふと私は大きな声を出してみたい衝動に駆られた。

――スパロウ！

――ハズバンド！

――フィッシャーマン！

――ガール！

――三角形ノ二辺ノ和ハ他ノ一辺ヨリ大ナリ……

短い言葉も長い言葉も、私の口を衝いて出たものは、みんな、さっき私が群衆に囲まれて口走ったものばかりであった。そして、そういう言葉が出たことは、私が小鳥や虫の啼声と同じ音を出せたように思えて、気が遠くなるような満足感を覚えたのである。

ふと私は、人間の声を聞いたように思ってギクリとした。

「アンちゃん、お前ここで泳いでいたのけ?」

　岸を見ると、私が持物を投げ散らして置いた青草の空地に、例のソデ子という身体つきの丈夫な娘が立っていた。頭に手拭いをかぶり、袖無し肌着にネルの腰巻をしめ、藁草履をはいた、さっきのままの身なりでの山へでも行くのか、背中に竹籠をせおい、片手に鎌を下げて、私の方へ、優しい、哀れむような微笑を向けている。――また、気ちがいめいたひとり言を聞かれてしまって、私はしまったと感じた。

「ウン。暑いから水浴びしてたんだ。お前、山へ行くのか……」

「あえ。……そこを通ったらな、人間の声が聞えたんで、おら、下りて来てみたんだ。そしたらアンちゃんだったや。ハハハ……お前、ほんとに何処さ行ぐんだね?」

「俺にも分らないよ」と、私は凭れていた石ころから背中を起して、急にせきこんだ口調で、

「しかしな、ソデ子。俺、ほんとは気ちがいじゃないんだよ。さっきは、みんなにそう思われてどうにもならなかったけど、俺、ほんとの中学生だよ。詩や歌も書けるし、小説だって書けるんだ。俺、気ちがいじゃないんだよ……」

　ソデ子は、青草の上にしゃがんで、母親が子供をあやすような優しい表情で、躍起(やっき)と陳弁する私に、大きく何べんも頷いてみせた。

「そうだとも。おらもアンちゃんを気ちがいだなどと思わねえ。アンちゃんは利口だし、

若え者のくせに温順しいものな……」

「い、いや。ソデ子はそう思っている。そ、そりゃあ、俺はいまひとり言を云ってたが、さっきの事を思い出してあんまり莫迦莫迦しいから、つい云ってみたまでだ。俺は決して気ちがいじゃないんだ……」

「そうだとも、おら、ちゃんと分ってる。アンちゃんは加藤清正と巴御前の間さ生れたんだべ。いい男っぷりで……。なあ。アンちゃん、娘が嫁になる事を英語で何と云うべ？」

「——マリエッジ（結婚）！」

私はなにもかも諦めて、力なく答えた。私が気ちがいである方が、ソデ子の気に入ることがハッキリしたからだ。

「マル……ええと、アンちゃんも一度云うてみれや」

「マリエッジ！」

「マ・リ・エッジ……」と、ソデ子は危なかしげに口真似してから、若々しい肉感的な声で、弾けるように笑い出した。そして、草の上に、両足を投げ出してペタリと腰をつけ、

「可笑しいなあや、マリエッジだと。……なあ、アンちゃん。おら、明後日マリエッジするんだや？」

「何処へ嫁にいくんだ？」と、私は思わず呼吸を呑んで尋ねた。

「このつぎのつぎの村の網元の家さ行ぐんだ。おらの亭主になる男は、太次郎と云うて、

去年兵隊がら帰った人だ。おら……そこさ……明後日マリエッジするんだや……」

　ソデ子は、夢みるような眼差しを、絶間ない流れの動きに注ぎながら、おしまいの言葉を、熱い嘆息のように、一つずつ区切って云った。それにつれて、丈夫な首や胸が、荒々しく膨むのが私の目に強く焼きついた。

「ソデ子は、嬉しいんだろうな」と、私は水の中からおそるおそる尋ねた。

「嬉しいんだか何だか、おら知らねども、胸の中がときどき熱うぐなってな。……女子はみんな嫁に行ぐんだから、仕様がねえべや」と、そこでまたソデ子はヒステリックに笑い出した。

「お前あとでその村を通ったら、おらの嫁になる家見て行げな。入口さ紺のノレンが下って、格子(こうし)がうってあり、軒先さ燕がいっぺえ巣をくってるだから、すぐ分るだべ。……太次郎もいるべど思うや……」

「ウン。よく見て行くよ」

「ああ、アンちゃんを見でいだら、おらも泳ぎたくなった。おら泳ぐから、アンちゃん温順しく見てろな。傍さ来れば、おら、噛みついてやるがらな。おらは恐いんだど……」

　そう云いながら、ソデ子は立ち上って、負い籠(こ)を下し、肌着を脱ぎ、ネルの腰巻を外し、その下の白い短かい腰ばき一つぎりで、上手の深い水たまりの中にザブザブと入っていった。あっという間もなく、自然ですばやかった。

水が胸のあたりまで達すると、ソデ子はそこから泳ぎ出した。私は思わず立ち上って、ソデ子の泳ぐさまを眺めた。溺れたら助けてやらねば――。

日光は淵の底まで透っていた。岸の灌木の緑も、青い影をうつしており、水の中で微妙に揺れる明暗の模様を眺めていると、そこだけ地震でもあるかのように思われる。大きく水を掻くソデ子の両足は、生っ白く縮かんでみえた。腰にまとった白いきれは、空気を孕（はら）んで、水面に丸く浮き上ろうとする。長い黒髪が藻草のように浮いてなびいた。

ふと、ソデ子は身体を逆しまにして、水底にもぐりこんだ。烈げしい泡立ちがして、小いさな白い蹠（あしうら）が、しだいに水の中に遠ざかっていく。何処かへ行ってしまうのではないかしらんと思われるような心細さだ。そして、腰のきれだけが、特別な水草かなぞのように鮮やかだった。そのままソデ子は、手足を一ぱいに動かして、底の方をグルグル泳ぎまわっていた。上から見てると、水の底で宝物でも探してるように思われた。若い娘だけが拾える大切な大切な宝物を――。

間もなくソデ子は浮き上って来た。そして、淵のまん中の岩に片手ですがって、ポカリと顔を出し、プーとうすい水しぶきを吐いた。濡れた髪が、太い筋になって、顔や肩や胸にベトベトくっついていた。ソデ子は、岩に匍い上り、ピッタリくっついた腰のきれを掻き合せ、それから両手で髪をさばいて、滴をきるようにした。それをやるには、少し仰向き加減にしなければならないので、起伏に富んだ肩や胸の逞ましい厚みは、太陽にさらしっ放しである。水滴が光るのか、彼女の裸身は、細い白金線のようなものにふちどられて見えた。私がポカンと立っているのに気づくと、ソデ子は腹の方に垂れて来ている髪の先きを、手に巻きつけて、ニッコリ笑い出し、

「アンちゃん、おら、上手だべや。……でも、お前、そばへ来ると、噛みついてやるからな」

「――――」

私は礼儀知らずな人間に思われた事が悲しく、水をわたって岸に上った。そして青草の上に足をはだけて坐り、唇をきつく結んで、そこに私が今までいた、白い水泡の動きをボンヤリと眺めた。

そのうちに細い金属的な感じの歌声が聞えた。ソデ子が岩の上で、中空を見上げながら、唄っているのだった。

空にさえずる　鳥の声
峯より落つる　滝の音
大波　小波　とうとうと
響き絶えせぬ　海の音
……………

唄い終ると、猛禽のように鋭く「マリエッジ（嫁入り）！　マリエッジ！　……」と、

二度ほど叫んで、あとは岩の上に刻まれた彫像のように身動きもせず、足もとの水の色をじいと見つめていた。

私は、娘が女に変る秘密な変化の過程を、白日のもとで垣間見たように、切なく厳しい感動に胸をしめつけられた。

十一

私は、はっきりした意識ももたず、立ち上ってモソモソと身支度を整えた。そこに何時までもいるのが、たいへん悪いことのような思いに責められていたらしいのだ。靴を穿き、ゲートルを結んでいると、やっと私の様子に気がついたらしいソデ子は、「アンちゃん、おらも一緒にそこまで行くべ、待ってろや」と声をかけて、岸に泳ぎついた。

そして、身体をろくに拭きもせず、肌着や腰巻をつけて、背中に負い籠をしょった。

「山をまわると近道だからな。……おらの家をよぐ見で行ってけれよ」

ソデ子が先きに立って、私達は、ゆるい傾斜になっている草の小みちを登った。すぐに、道が二股に分れる所に出た。

「アンちゃんはそっちだし、おらはこっちだ。……犬に吠えられねえように、わらす達に石ぶっつけられねえようにして行げや。……さいなら」

「さいなら」

私達はあっさりめいめいの道を辿った。茂った灌木が、たちまち私を孤独の世界にひき入れた。しばらくの間、ソデ子の声で、のんびりした節まわしの山唄をうたっているのが聞えて来た。私は、生命を吹きこまれたテラコッタ（塑像）のように、かるがると山道を越えていった……。

——そのあとの二日間は、ただ歩いて寝るだけの単調な旅行だった。三日目に、奥羽本線が通じているB町に辿りつき、そこから汽車に乗って、無事にわが家へ帰ったしだいである。

いまから思えば、無茶な企てであったが、やっただけの甲斐はあったのかも知れない。というのは、煩わしい社会生活に疲れた時、腰をおおう布一ときれで、岩の上に餇い上っている漁村の娘ソデ子の幻影が、自然と調和を保った、もっとも健やかな生存の姿として、今日でも、弾力性を失った私の心身を励ましてくれる事があるからである。そして、それは、私が気ちがいであるという条件のもとに神様が覗かせてくれた、世にも貴重なスペクタクルであったと自分では思っている。

「マリエッジ！ ……マリエッジ！」と叫ぶ猛禽のような鋭い声が、いまでも私の耳にあざやかに蘇えって来るほどだ……。

×　×　×

「先生。それで先生をひどい目に合せた丸山さんはどうしたんですか。それぎりしまいまで別々な行動をしたんですか？」と、A子が、石中先生の顔を疑わしげに見つめて尋ねた。いまでも、石中先生の中には、気ちがいめいた要素が、少しは残ってるんじゃあないかしらん――そういう顔つきだった。

「いや、丸山とはその日のうちに一緒になりましたよ。天罰テキメンで、奴さんもひどい目に合っていましたよ。

ソデ子が、嫁入るという村をすぎて間もなく、僕の前を、つばが半分とれた麦わら帽子をかぶり、下駄と草履を片ちんばに穿いて、猿股一つで歩いて行く男があった。へんぴな漁村だから、村の人がそんな恰好をしておっても、真夏のことだし、ちっとも可笑しくないんだが、その男は身体の色が白いので、後から見ただけでも、なんだか変だった。

追いついてみると、それが丸山だった。奴さん、海で泳いでる間に、服装や持物一切、虎の子の金二円を縫いこんだ胴巻まで盗まれてしまった。仕様が無いので、砂浜にうち上げられていた帽子や、下駄、草履を拾って、少しでも見かけをつくろい、つぎの村まで行ったら、役場かどこかに泣きつくつもりだった。盗んだ奴は、途中で後になり先きになりして歩いていた、乞食山伏に違いないという。ちょうどそこへ、思いがけなく、中学校の制帽をかぶった顔見知りの二年生が、自転車で通りかかったので、これに頼んで村からもう一台自転車を借りてもらい、それから二人で山伏を追いかけた。大追跡、大格闘というところだが、そうはならずに治まった。

というのは、山伏の姿が前方に見え出し、山伏の方でも私達が追いかけてる事が分ると、奴さんも変な奴で、はじめに靴、ついに雑嚢、上衣、帽子という風に、少しずつ距離を置いて、盗んだ品物を一つずつ往来の上に落していくんです。最後に胴巻をほうり出したが、もうその時には、山伏の人相が分るぐらいに追いつめていたんだけど、私達は持物全部をとり返すと、方向転換していま来た村へ引返してしまった。自転車も返さなきゃあならないし、それに、二人とも喧嘩沙汰を好きじゃなかったんだな。それからは、丸山と仲良く助け合って旅行をつづけましたよ……」

「めでたしめでたしかあ……」と、中村君は縁側に起き直って、大きな欠伸をした。

「どうもねえ、先生。私の意見では、先生大いに弁じたようですが、やはり女学生向きの話じゃないと思うんですがねえ」

「うむ。ところで、貴女がたは――？」

「古い時代のお話だから少し古風だと思いました」と、B子がつつましく考えぶかげに答えた。

するると、中村君は尻をついたままで、庭先きの方に向き直り、明るい中空を眩しそうに

見上げて、だしぬけに、

「マリエッジ！……マリエッジ！」と怒鳴った。

女学生達は妙な顔をした。

石中先生は、働いても怠けても金が溜ることが無い長い貧乏暮しに、のんき者の中村君も、ときおり陰性な倦怠を感じることがあるのではないかしらんと思った。

ミルク色に光る綿雲の塊が、船のように山の端の上を動いていく。そして、もうどことなく、夕暮れの匂いがして来たようであった。

Ⅲ

最後の女

　十月も末の山の温泉場は、ひっそりかんとしていた。

　山腹のゆるい傾斜地に、共同浴場を囲んで四角に立ち並んだ温泉客舎は、どこの部屋も障子が白く閉ざされ、東から西に動いていく太陽が、一日中、それらの客舎の白い障子を、つぎつぎに明るく照らしまわっていた。

　でこぼこした広場には、人影もまれで、ときおり、木炭や薪(まき)を満載したトラックが、部落中に地響きをさせながら通りすぎていくほかは、深い穴にでもめりこんだように、トボンとした静寂が一日中広場によどんでいた。

　浴場の入り口の所で、赤犬が二匹ざれ合っているが、一面にガラス戸をはめた浴場の中には、人の気配が感ぜられず、ふとしたはずみに、樋(とい)から湯ぶねに流れ落ちる太い湯滝の音が聞えてきたりする。

　そんな工合で、表からみた温泉部落の生活はまったく停止したような形だが、裏庭に出てみると、部落の人たちが、これから半年つづく冬ごもりの準備に忙殺されていることが分る。男たちは、雪囲いの蓆や夕ル木を揃えたり、雪がくる前に今年の仕事を大急ぎで片づけるために朝早くから山に出かけていたりするし、女たちは、日向に大根を吊したり、夏の間は湯治客の世話で忙しくて出来なかった洗濯や張り物などに精を出している。まれには小屋の前の陽だまりに蓆をしいて、若い娘が、せっせと編み物をしていたりするのも見かける。膝の上にはトラ毛の猫が眠っている。

小屋のすぐ後ろには、岩木山の中腹の一部が、まるで脅やかすように嶮しくせり出して来ている。おかげで、ここからは山頂が見えない……。

私は、親戚の法要のために帰省したのを機会に、三日ほど、昔なじみのこの山の温泉を訪れたのであった。朝晩は相当に冷えこんだが、幸いに秋晴れの好天気がつづいて、久しぶりに心身のレクリエーションをすることが出来た。

一日三回、共同浴場に出かけるほかは、近くの高原を歩きまわったり、陽がさしこむ高い二階の部屋で、寝床にもぐって昼寝したり、そうでもない時は、障子をいっぱいあけ放して、低地の人家の屋根越しにひらけた、山麓の裾野の冬枯れしたひろい景色を、ボンヤリと飽かずに眺め入ったりした。(怠け者の私は、なんにもせずに時間を過すことにかけては、名人の部類に属するらしい)

私が泊ったのは、地形が高くなっている側のK宿舎であるが、一日二日暮してみて、山に面した陽が当らない裏二階に、私のほかにもう一と組の湯治客が滞在していることがわかった。

二人とも六十すぎたような老人だった。身体つきはどちらも小柄で、皮膚に沁みこんだような陽やけのくろさ、顔に刻まれた皺のふかさなどから、一見して百姓であることが知れる。

私はこの老人たちと、浴場でときどき一緒になった。彼らの場合、一回の入浴に一時間ぐらいも費やしているらしい。太い樋から落ちる湯滝に、頭、肩、背中、腰と根気ようたたせたり、手拭を頭にのせて、流し場でボンヤリ坐っていたり、一向に急がないのだ。どうかすると、四角な湯ぶねを囲んだ流し場の一辺を一人ずつで占領して、小桶を枕に仰向けに長々と横たわっていることもある。そんな時、肉の落ちたものの間から、いまはもう不要になったかと思われる、丸い赤いふぐりがツルリとのぞいていて、それを目にした私は、そぞろ老年の悲哀を感じさせられたりした。

二人が話しているのを、私はほとんど見たことがない。だが、二人で黙って一緒にいるところを見ると、改めて何も話す必要がないほど、お互いの気持が通い合っている間柄だということが頷けるのだった。一人は頭が赤ぐろく禿げ上がり、一人はまだ青味の残っている坊主頭だが、身体つきと同様、どこやら似通った風格を漂わせている。兄弟だろうか、それとも従兄弟同士かなにかだろうか？

「あの二人組の老人はいったい何ですか？　しょっちゅう連れ立っているようだが……」

ある晩、宿舎の色の白い肥ったおかみさんが、晩飯のお膳を運んで来た時に、私はそう言って尋ねてみた。

「兄弟ではねえですよ。しかし、まあ、兄弟以上に親しい間柄かも知れねえですよ。二人とも、昔から、おらの家の馴染みですども……」と、おかみさんは、色の白い顔に、はにかみ笑いを浮べて、ためらいがちに答えた。

「兄弟ではなくって……兄弟以上に親しい間柄と言いますと……」

するとおかみさんは、金冠がゾロリと並んだ歯並びをみせて、もう一度ニヤッと笑い、少し赧くなって、

「……さあ、町方の人にこんな話をすると、百姓ってみんなそうした自堕落なもんかと思うかも知れねえすども、あの爺さまたちは、一人の女子をめいめいの女房にして、生涯を暮してきた間柄ですや。その女子は、二、三年前に亡くなりましたども。これがまたよく出来た女子でごえしてな……」

「二人で一人の女房をもっていたというんですか？ それはまた変った話ですな。一体どういうわけなんですか……」

「さあ、私も本人たちにききただしたことではなく、様子を見たり、人の話を聞いたりしただけなんですども……」

おかみさんは、畳にペタンと尻を据えて、御飯や豆腐と茸の味噌汁などのお代りをよ

そってくれながら、一人の女をめいめいの女房にして生涯を過したという二人の老人の身の上話を語ってきかせた。山村の人らしい、素朴な、口の重い調子だったが、そのせいかどうか、二人の男が一人の女を妻として共有したという話が、少しも淫りがましい陰惨な気分を醸し出さず、むしろしっかりした、すこやかな実感を覚えさせたほどだった……。

その晩、私は、おそくまで、炭火が赤くおこった炉端にあぐらをかいて、障子の中ガラスの外に、名物の霧が濃く渦巻き流れているのを眺めながら、二人の男たちと一人の女との間にあり得た生活をあれこれと想像して、めずらしく、人生に対するほのかな情熱をかき立てられたりした。

おかみさんの話を土台にして、私が脳裡に描いたイメージというのは、およそ次のようなものである。

＊

中流の百姓の長女に生れたみや子は、十八歳になった時、身長が五尺四寸あまり、体重が十九貫もあった。発育ざかりのころから、過重な労働をする百姓は、男たちでもそう背丈は伸びないものだし、みや子の身体は、女の仲間ではもちろん、男たちの間に入っても、一ときわ目立った。

そのころは、女は男の蔭に隠れて、万事に控え目にしなければならないという考え方で暮していたころだったので、不幸にも、背が高く生れついた女たちは、外へ出る時、出来るだけ身体を猫背に屈めて、人目に立たないよう、往来の片隅を、足早にコソコソと歩いていたものだ。

ところが、みや子には、そんな劣等感が少しもなく、まだ伸びたいとでもいったふうに、往来のまん中を、肩で風を切って、外股で堂々と歩いた。歩くにつれて、着物の裾がキュッキュッと捌かれて、足もとには小さな風がまき起った。すれちがう人々は、びっくりして立ち止り、まるで小山でも動いていくようなみや子の身体のすばらしさに目を見張るのであった……。

みや子は整ったいい顔立をしている。目が大きく丸く、つやつやと黒く光っており、鼻柱がとおり、色のいい厚目の唇が、しまった感じで結ばれている。耳も厚く大きく、耳たぶが桜色に透きとおっている。髪はたっぷりだ。顔の皮膚はすべすべして赤い。――全体の感じを、物にたとえて言えば、足柄山の金太郎を成長させたような工合だが、それでいて女らしい色気がないわけでもなかった。

縁が遠いだろうという両親の心配を裏切って、みや子は十八の時、隣村で暮し向きがいいと言われている田口重兵衛の所に嫁いだ。重兵衛は五尺そこそこの小男で、かねて自分の子孫には、自分のようでない頑丈な人間が欲しいと希んでいたし、欲ばりで評判の姑のおすがは、五尺四寸、十九貫というみや子の労働力をあてこんでいたのであった。

そして期待にたがわず、みや子は、嫁として、男二人前ぐらいの野良仕事をやってのけたし、亭主の重兵衛にもよく仕えて、彼が希んでいたとおり、丈夫な男の子を、一年おきに二人も産んでやった。

嫁いてから四年目、舅の与吉が肺炎でなくなると、姑のおすがは急にみや子につらく当り出した。表向きの理由は、みや子が気が利かない、年寄を粗末にするというようなことだった。が、じっさいはそうではなく、ひとり者になった姑が、重兵衛とみや子の夫婦生活に対して神経過敏になり、大女のみや子が、小男の重兵衛をいまに干ぼしにしてしまうであろうという恐れと憎しみを抱いていることが、女同士のみや子にはよく分った。そして、みや子が大女であるかぎり、それはどう言い逃れようすべもないことだった。

おすがは、重兵衛とみや子の寝室を別にさせたばかりでなく、しまいには、おとなしい重兵衛をギュウギュウに苛めつけて、重兵衛の口から、みや子に家を出て行くように言わせた。

「そんだらば、おらはここの家を去ります。したども、子供は二人ともおらの生んだものだし、貴方はおらに親切にしてくれただし、将来あんだ方が困るようなことがあれば、おらはどこからでもあんだ方の手助けに来ますだから……」

みや子は悪びれずにそう言って、あまり涙も見せずに実家に帰った。

一年たつと、働き者できりょうのいいみや子は、今度は西の方の隣村の風巻六蔵の家に嫁(とつ)いだ。六蔵も重兵衛と同じように小柄な身体つきの百姓だったが、みや子が重兵衛の所で丈夫な子供を二人も生んだという噂(うわさ)を聞いていたので、一人ぎりの母親や親戚が、出もどりだからと反対するのを押しきって、みや子を娶(めと)ったのであった。

ここでもみや子はよく勤めた。そして、六蔵のために二人の子供を産んだ。残念なことに、二人とも女の子であったが、六蔵はそれでも大喜びだった。みや子は実家の母親に、「おらの腹には、はじめから四人の子供がおっただが、重兵衛が二人、六蔵が二人産ませてくれただから、もうおらには子供が生れねえだや……」と語ったというが、その言葉どおり、みや子にはその後、子供が生れなかった。

六蔵の所に嫁(かたづ)いてから五年目に、姑が亡くなり、みや子は主婦の座に直った。そして、このころから、みや子の物腰には、人の上に立ち、人を率いていく性格が目につくようになった。まず自分の家のことでは、野良仕事から金のやりくり、煩わしい親戚や近所のつき合いなど、ほとんどみや子の一存でやり、しかもそれが一々適切だったので、六蔵にも不満がなかった。

ついでみや子は、いつともなく、部落の女たちの指導者の地位にまつり上げられていた。家族間の争い、家同士の不仲、暮し向きの困窮などの問題が起ると、女たちはみや子の智恵と判断を借りに来た。女として脂(あぶら)がのった、巨大な身体のみや子が、ゆっくりした口調で、分別のある考えを述べると、女たちは迷うことがなくそれにしたがった。その結果、事がうまく治まらなくても、みや子が関心をもっていてくれるというだけで、女たちは一応の安心が得られたのであった。

ただし、みや子の分別が豊かだといっても、それはあり触れた常識的なものでなく、かなり独自なものであることを忘れてはならない。その一例を上げると――、姑が亡くなると、六蔵の家には、みや子が田口重兵衛の所に産み残して来た二人の男の子が、いつともなく遊びにくるようになった。人の好い六蔵は、母親に去られた子供たちに同情して、彼らを温かく迎え入れてやった。父親のちがう二人ずつの兄妹は、すぐ仲好しになって、野兎の群れのように、そこらを駈けずりまわって遊んだ。

男の子たちは、みや子が手塩にかけている女の子たちに劣らず、服装もよく、しつけもキチンとしていた。みや子は、自分につれなかった姑のおすがが、女としてはしっかり者だと認めないわけにはいかなかった。

まもなく、男の子たちにとっては母親代りでもある祖母のおすがが、急病で亡くなった。重兵衛の所には、近所の独身者の老婆が働きに来て、台所の仕事をしたり、子供らの面倒をみたりした。

そうなると、みや子は、女の子たちを連れて、重兵衛の家を訪れるようになった。六蔵は、みや子のような、なにかにつけてズバぬけた女房に去られた重兵衛の立場に同情していたし、双方の子供たちが一緒になって喜んでいるのが楽しかったので、みや子が先夫を訪れることをそう気にも病まなかった。そして、ときには土産物を整えてやったりした。そのうち、みや子が重兵衛の家を訪れる回数がしだいに多くなり、しまいには、連れていった女の子たちと一緒に泊ってくるようになった。それでも、六蔵は、疑うすべを知らなかった。

すると、おしゃべりな村の女どもがやって来て、みや子が重兵衛の家に泊るときは、子供たちは別室に寝かされ、重兵衛とみや子は昔どおり、寝間で二人ぎりで休むのだ云々と告げ口した。おとなしい六蔵も、これにはカッと嫉妬の炎を燃やした。そして、朝早く、重兵衛の家から帰って来たみや子を、裏庭に連れ出し、薪ざっぽうを振り上げて、事実をありていに言えと脅迫した。すると、みや子は顔を赧くして、あべこべに怒り出した。

「気の毒な重兵衛どんを慰めてやるのが、どうしてわるいだか。おらは、野良のこと、家のこと、子供を育てること、何一つお前さんには不自由させてねえはずだ。それ以上、何を欲ばることがあるだか。……おらと重兵衛さんは、もともと不仲で別れたわけでねえし、子供も二人あるし、あの家を出る時、おらは重兵衛どんに、将来困ることがある時は、いつでも助けにくると約束して来ただからな。いまあの人は、母親に死なれて難儀してるし、おらに義理を立てて長いこと一人者の暮しをつづけてきただし……、それをおらが、時たま訪ねて慰めてやるのが、どうしていけねえだかね。お前さまこそ、欲張りな、分らねえお人だ。暗い所で、頭冷やして、よく考えてみるがいいだや……」

そう言うと、みや子は一と飛びに六蔵に襲いかかり、手をねじ上げて薪ざっぽうを落させ、ついでジタバタする六蔵を小脇に抱えると、庭の隅の荒壁づくりの土蔵の中に押しこんで、外から鍵をかけてしまった。

六蔵はしばらくわめいたり怒鳴ったりしていたが、誰も相手にしないので、まもなくシンと黙りこんでしまった。と、上の女の子が、窓の鉄格子から、中をのぞきに来て言った。

「……おとうちゃんがわるいだよ。おかあちゃんに逆らうんだもん。……おかあちゃんはいちばんエライんだから……」

「おかあちゃん、まだいるだか？」

「いない、田圃へ行った。昼間になったら、窓からおとうちゃんの御飯を入れてやれって……」

「な、お前、おとうちゃんをここから出してくれや、いいものをやるで……」

「いやンだ。おかあちゃんに怒られるもん。……〽夕やけこやけで、日が暮れてエ……」

上の娘は、歌をうたいながら、どこかへすっ飛んでいってしまった。

六蔵は、正午に、窓から握り飯を差し入れられたぎり、一日中、土蔵の中に閉じこめられていた。

夕方になると、みや子が野良から帰って来て、土蔵の戸を開けてくれた。六蔵は、うす暗い窓あかりの下で、古い行李に腰を下ろして、頬杖ついて、ションボリ考えこんでいた。

「つらかったけえ。でも、落ちついてよく考えられたべしゃ。さ、家さ入るべえ……」

みや子にそう声をかけられても、六蔵は、行李から腰を上げようともせず、

「おらをかんにんしてくんろや。お前の言うことがほんとだったよ。おらにやっと分っただよ……」

そう呟いてみや子を見る六蔵の目には、卑屈な影がなく、大切なことがやっと分った時の明るい色が輝いていた……。

……おおよそ、みや子の分別、判断というのは、そうした類いのものであった。これが常人ならば通用するはずもないのだが、みや子の底知れないあたたかい体温は、世間のいう不合理、不調和なものをも、渾然とした、濁りのないものに溶かしこんでしまうかのようだった。

こうして、みや子を中心に、一妻二夫の生活がはじまった。重兵衛と六蔵の間にも、うちとけたつき合いが生じ、お互いに親しく往来するようになった。畑や水田の仕事も、忙しい時は、みんなで協力して行なった。

みや子が支配する二軒の家は、内にも外にも塵っぱ一つとどめず、田畑の収穫はよその一倍半もあがり、四人の子供たちは並みはずれて健康に、出来がよく育っていた。だから、はじめは、みや子たちの風変った生活に白い目を向けていた村の人たちも、しだいに仕方がないと思うようになり、しまいにはおおっぴらにその生活を是認するようになっ

た。家族のみんなが満足し、家が栄えていく生活を、どうして否定しなければならないのであろうか。むかし、ギリシアの国に、手を触れた物がことごとく金になるという王様が住んでいたそうだが、どうやらみや子のやることもすべて、どこかで大きな道理に適っている——、みや子は生れつきそういう人徳を授っていたのではないだろうか。

だが、こう述べただけでは、みや子が観音様のように慈悲広大な人格者になってしまうようだから、そうでない面にも触れておくと、今度の戦争の終りごろ、第二国民兵の六蔵も重兵衛も、一年半ばかり軍隊にひっぱられていたことがあった。その留守中、みや子は、隣部落から、びっこの若者を雇い入れて野良仕事を手伝わせていたが、昼日中、雑木林や林檎畑の小屋に、びっこの若者を抱えこんで、一緒に昼寝をしていたという噂がある。そして、六蔵や重兵衛が帰郷してからも、びっこの若者が、いままでどおりの関係をもとめると、みや子はひどく怒って、

「亭主たちが帰って来たというのに、お前などになんの用事がある！　ばかったれが！……」

そう怒鳴って、その時立っていた小川の堤から、びっこの若者を水の中に突き落してやった。若者は浅い水の中につんのめって、しばらく起き上がることが出来ないほどだった。で、びっこの若者はそれぎり姿をみせず、みや子はそういう人間がおったことすらきれいに忘れ去ってしまった。

（じつをいうと、宿舎のおかみさんの話の中には、びっこの若者の話など、全然なかったのであるが、みや子の人格に現実性をもたせようとして、私が勝手に創作したのである。イヤらしいおまけにすぎなかったであろうか。そうでないようにと希んでいるのであるが……）

月日が過ぎ去っていった。みや子の四人の子供たちはそれぞれに見事な若者になり、娘になった。みや子は、息子たちのためには丈夫な美しい嫁を見つけてやり、娘たちは働きのある若者の所に嫁けてやった。方々で孫が生れた。

一年一ぺんのお山参詣の祭日などに、顔が赤くつやつやと陽やけし、一反では足りない上等の着物でガッシリした身体を包んだみや子を中心に、小柄な六蔵と重兵衛、いまはそれぞれ逞しく成人した四人の子供らとその配偶者、孫たちの一団が歩いているありさまは、アッと息を呑まされるように見事な眺めであった。そこだけには、世間のジメジメした古くさい形式的なものとは異った、別種のすこやかな秩序と調和が存在しているように感じられるのだった……。

また、月日が過ぎ去っていった。ある年の秋、みや子の一族は、岩木山麓の高原に、泊りがけで草を刈りに行った。四晩、草刈小屋に泊って十分に草を刈り、五日目に引き上げた。酒好きなみや子は、小屋に残った焼酎やどぶろくを全部飲み干し、荷車に山と積まれた干し草の上に仰向けに寝ころんで、いい気持で高原の凸凹道を揺られていった。秋の日はさんさんと照りかがやき、高原のすすきは、谷底から吹き上げる微風に、銀色の穂先を靡(なび)かせていた。うすい色のはれわたった青空には、小波(さざなみ)がよせてるような形の白い雲が浮んで光っていた。左手にゆるい傾斜をなしてなだれていく裾野は、深い谷間できれて、その向うには冬枯れのした丘が、幾つも重なり合って続き、やがて国境の山々に溶けこんでしまう。

荷車の行列のあちこちから、若者や娘たちの唄声(うたごえ)が起った。それは微風にのって、遠い裾野の果ての方に流れていった。

ふと、行列が止ったりすると、しんがりの干し草車の上から、みや子の高いいびきが聞えてきた。

「……おてんと様にあぶられ、涼しい風に吹かれて、ばあちゃんはなんぼいい気持で眠ってるだが……」

「しょうちゅうをたらふく飲んだしな……」

荷車につき添っていた六蔵と重兵衛は、微笑を交わし、目を細くして干し草の山の上を見上げた。

家へ辿(たど)りつくと、みや子は、車の干し草の上で呼吸(いき)が絶えていた。途中の高原の道で、いびきをかいていたのは、脳の血管が破裂したためであった。巨大な女性であったみや子は、六十五歳で生涯の幕を閉じたのである。

六蔵と重兵衛はひどく落胆して、それからは三日にあげず顔を合わせては、この世にまたとあるまいと思われるすばらしい女房であったみや子を失った寂しさを慰め合った。街へ遊びに行くのも、山の温泉に湯治に行くのも、二人はいつも連れ立っていた……。

＊

翌日の午前、私は山の温泉を引き上げて、一人で高原の道を下った。みや子が死んだ日のように、その日も秋晴れのいい日和だった。拭ったような青い空には白いちぎれ雲が浮び、すすきの穂先が銀色に煙って微風にそよいでいるのも同じ情景だった。そして、みや子が、干し草車の上であぶられていた柔らかい秋の日光を、私も頭から浴びて、山腹を横ぎる、白い人気のない道を一人でトコトコと下っていった。

虫も啼かず、鳥も飛ばず、なんの物音も聞えない。ただ、あかく冬枯れした高原いっぱいに、日光が眩しく溢れているばかりだ。そして、そこらの大気の中に、いまは原子と化したみや子の生命が、細かい光りの粒になって、漂っていそうな気がしてならなかった。……

……ずうっと昔、母系家族の慣習があったころ、みや子のように巨大な女性がそちこちに生きていて、たくさんの夫、子供、孫、など、一族を率いて、彼女らの直感と体温で、あやまりのない血族生活を営んでいたと思うのだが、その後、どういう理由からか、彼女らの存在がしだいにうすれていき、ごくまれに、その血を受け継いだ女性が現われるだけとなった。そして、それだっておそらく、みや子はそうした種類の最後の女だったのではなかろうか……。

なんだってばかばかしい……。一妻二夫の変則な生活を、たいへんすばらしいことのように空想するのは、私の頭がどうかしているからに相違ない。たしかに私の頭は衰弱しているのだ。その理由はなにかというと、このごろ世間には、手の冷たい、色の白い、理屈を上手に言う女の人たちが殖える一方だからだ。気の弱い男性の私は、彼女らにじりじりと追い立てられて、安住の場所が得がたくなってきている。

こんなに冷たく白い理屈で苛められるぐらいなら、昔はおったにちがいない、底知れない体温をもった巨大な女性をいまの世に見出だして、彼女の七人の亭主の中の一人になったほうが、はるかに安心して生きられる——などと空想にふけるようにもなるのだ……。

高原の見はらしがせばまって、左手の山際に、開拓部落が見え出した。普通の百姓家とはちがうペンキ塗りの家などがボツボツ見えて、この人たちの新しい暮しの心構えを示しているかのようだった。

四日間、山の空気と日光に酔い痴れていた私は、このあたりから分別くさい表情をとり戻して、バスが待っているH村に入っていった。

家族システムを俯瞰する眼

解説　三浦雅士

1

　石坂洋次郎が、戦後、一世を風靡したのは『青い山脈』（一九四七）をはじめとする数多くの長編小説とその映画化によってだが、しかし、石坂は同時に短編小説の妙手でもあった。このことはとりわけ作家仲間においては定評があって、端的な例を挙げれば『石中先生行状記』（一九四九〜五四）がそうなのだが、これは表題の示すように短編連作であって、いわば長編と短編の中間に位置し、必ずしも短編小説の技量を示すものとしては扱われていなかったといっていい。

　むろん、石坂の短編には、『石中先生行状記』のほかにも傑作、佳作は少なくない。私はかねてからそういう傑作、佳作をよりいっそう広い読者に知ってほしいと願っていた。

したがって、このほどこのようなかたちで石坂洋次郎短編集を編むことができたことは悦ばしい限りだが、しかし収録された作品は石坂短編の一端を示すにすぎないことをあらかじめ断わっておかなければならない。

石坂文学は傑作短編の宝庫である。たんに文学愛好家にとって宝庫であるというのではない。民俗学者、人類学者、社会学者、歴史学者にとっても、示唆するところ多いと私は思っている。昭和の民俗、社会風俗の貴重な証言というだけではない。古代の残存、中世の残存を文学者の直観によってみごとに捉えているのである。石坂の文学とりわけ短編は、民俗学者の宮本常一や歴史学者の網野善彦の著作に近似したものを持っている。

たとえば『石中先生行状記』は、宮本常一ら監修の『日本残酷物語』のはるかな先駆だと、私は思っている。石坂の女の描き方は、宮本や網野の民俗学的あるいは歴史学的な女の描き方と通底している。石坂にそれができたのは、出身地である津軽の風土にもよるが、おそらくそれ以上に折口信夫の影響が大きかった。石坂が慶應義塾に学んだのは、折口そして柳田國男が民俗学という新しい学問を慶應で講じはじめたそのときだったのである。

本書にはしかし、石坂のこのような魅力の全体を紹介するほどの頁数は許されていない。

石坂には全集がまだない。代わりに、『石坂洋次郎文庫』全二十巻（一九六六〜六七）、

『石坂洋次郎短編全集』全三巻（一九七二）がある。短編全集には全八十三編の短編が収録されているが、『石中先生行状記』全三十五編からはわずかに四編が収録されているにすぎない。また、後期の短編集『女であることの実感』（一九六八）全五編からは三編、『血液型などこわくない！』（一九七〇）全四編からは二編が収録されているにすぎない。おそらく他社から刊行されてなお店頭に並んでいる本から収録することが憚られたのだろうが、いずれにせよ石坂には概算するだけで百二十を超える短編があるわけで——とはいえ著者の意向によるのだろうが短編全集から洩れている短編が管見でもまだ六、七編はある——、そこから十に満たない短編を選ぶこと自体が至難である。

ちなみに、短編全集の第一巻は一九二五（大正十四）年から四四（昭和十九）年までの、第二巻は一九四五（昭和二十）年から五五（昭和三十）年までの、第三巻は一九五五年から六八（昭和四十三）年までの短編を集めており、いわばそのまま戦前、戦後、現代、石坂を軸に考えれば初期、中期、後期とでもいうべき分類になっていて、便利といえば便利である。

これにのっとって本書に収録された短編を説明すれば、石坂の短編のみならずその文学の全容を探る手がかりになる一九五六（昭和三十一）年に発表された二つの短編『乳母車』と『最後の女』を最初と最後に置き、そのあいだに、一九三〇（昭和五）年発表の『雪景スナップ』と一九三三（昭和八）年発表の『自活の道』、一九四二（昭和十七）年発表の『女の道』、戦後になって一九四六（昭和二十一）年発表の『墓地のあたり』、『林檎の花咲くころ』、一九四七（昭和二十二）年発表の『草を刈る娘』、一九五〇（昭和二十五）年発表の『無銭旅行の巻』を置いたことになるのであって、いわば戦後の作品を両端に置いて、そこにいたるまでの過程を示す作品をそのあいだに置いたというかたちになっている。先の区分でいえば戦後作品すなわち中期作品を中心に集めて、初期、後期の作品にかんしては新たな機会を期すというかたちになっているわけだ。

とはいえ、両端に置かれた二作品は、初期作品の美質を含むとともに、その後に展開されるさまざまな長編の端緒にもなり、予告にもなっていると私は考えている。

2

短編といえば「珠玉の」という形容が常套であり、珠玉といえば推敲に推敲を重ねた散文詩のような輝きをもつ作品をつい思い浮かべてしまうが、石坂の短編は必ずしもそうではない。

たとえば『乳母車』の出だしは「桑原ゆみ子は、暑中休暇の間に、湘南の海で二週間ばかり泳ぎ、信州の山で一週間ばかりキャンプをした」というものであって、味もそっけもない。名を紹介し、女子大生の、上流とはいわないまでも中流の上とでもいった家庭生活を過不足なく示しているだけだ。

だが、数頁後、休み明けに学友たち三人と多摩川に水泳に出かけた折の、「気楽なおしゃべりをポツポツ交わしている間に、ゆみ子はふと、妙な気分になった。三人が知っていて自分だけ知らないことがある。しかもそれは自分に関したことらしい——。そういう気分を三人の態度からふっと感じさせられたのである」という記述から以後は、圧倒的な迫力をもって読者を、ゆみ子の世界、その家族関係の世界に引きずり込んでゆくのである。あえていえば、作者は何かに乗り移られたように、ゆみ子の行為と心情を精確無比といった筆致で描写してゆく。

「私……信じないわ！」と、父に若い愛人がいると友人たちから知らされたゆみ子は言い放つが、「なぜかその瞬間から、父親に隠された生活があることを信じるようになってしまった。ジーンと強い耳鳴りがし出した」という展開がそうであり、一人きりになりたいから先に帰るといって立ち上がったゆみ子が少しめまいを感じる描写がそうである。「さっきまでは、素朴な生存の歓喜にあふれているかに見えた明るい川原の風景が——空も山も水も木も石ころも、すべて陰画のように色褪せたものに見えた。そしてただ、ジーンという耳鳴りだけが、不吉なリズムをひびかせていた」。

父の愛人の家を訪ね、その弟である魅力的な青年と顔を合わせることになるという展開の、とりわけ会話のみごとさは本文にあたられたいが、重要なことは、冷静な母にではなく、逆に、浮気をしたうえ愛人に子まで生ませた父のほうを気の毒だと思うゆみ子の心情をはじめ、乳母車の傍で昼寝している宗雄を尻目に、その乳母車を奪って赤ン坊を連れ去る場面など、しかじかの理由があってこうなったという書き方にはまったくなっていないということである。

いわば、行為、あるいは思いがけない感情だけが、次々に展開してゆくのであって、ゆみ子自身、なぜそうするのか明確には理解していないのではないかと思わせるような書き方なのだ。それは作者自身にも当てはまることであって、なぜそうするのか分からないが、そう書き進むほかないことだけは完璧に分かっていると思わせさえする書き方なのである。何かに乗り移られたというのは、そういう事態を指している。

それを眺めているうちに、ふと、ゆみ子の胸には、不敵な決意が閃いた。しかもそれは、思いつくと実行せずにはすまされない絶望的な性質のものだった。ゆみ子は周囲を見まわした。それから、なぜだか知らないが、まず、はじめにベンチの下にちらかっていた、宗雄の下駄をキチンと揃えた。

不敵な決意が絶望的に閃く——この展開は私にはほとんど神業としか思えない。「下駄をキチンと揃えた」のも、不敵な決意を明示しているのだ。

赤ン坊、すなわちゆみ子の年離れた異母妹がむずかって泣き出し、乳母車を止めておむつを替えてやる。女の子であることが分かるのはそのときなのだが、その後の「股ぐらがさっぱりすると、赤ン坊はすぐ機嫌がなおって、歯のない口をあけて、ゆみ子に笑いかけた。ゆみ子は、前後を見まわしてから、赤ン坊をそっと抱き上げた。柔らかい重みが、快く両腕を押した。そして、乳くさい赤ン坊の匂いが、哀しく嗅覚をこそぐった」という展開もそうだ。そして、「ゆみ子は、ほんの四、五秒間、歯を喰いしばって、エッ！　エッと号泣した。涙が注射器で押し出すように、一としきり迸り出て、とまった」と続く。

神業というか、とにかく天才的とでもいうほかない展開だと、私は思う。

宗雄から長文の抗議の手紙が来る。怒りの手紙である。だが、ゆみ子はその怒りの手紙に満足を覚えるのである。「どうして私の心の中に、乳母車をさらっていこうという突然の決意が湧いたのか、それは私にも説明できません」とゆみ子は返信に書く。説明はできないが、そうするほかなかったというのである。それが、読者には痛いほど分かるのが、この短編の魅力なのだ。むろん、ゆみ子にも説明できない以上、読者にだって説明はできない。だが、説明はできないが、分かるのだ。感動の理由である。

こちらも批評家である。

無粋を覚悟で、感動の仔細を説明する。

鍵は「乳くさい赤ン坊の匂いが、哀しく嗅覚をこそぐった」という語にある。石坂はふつう「悲しい」と書く。「哀しい」と書くときは、事態が宇宙的な広がりを持つときなのだ。「愛(かな)しい」と書きもする「哀しい」である。父の愛人である相沢とも子のもとを訪ね、その弟とまず出会い、とも子とも会う、そうして出会った人間たちのすべてが、愛(いと)しくも哀しい生命の次元にあるのだという自覚が、ここに示唆されているといっていい。

ゆみ子がここで体験したことは、いわば事態を、視点を頭上はるかに、高度を上げて見るということ、はるかな高みから事態を俯瞰するということなのだ。それは同時に時間の目盛りを最大限に取るという手法でもある。起こっている事態を、個人の視点からだけではなく、同時に、人類という視点、生命という視点から眺める、百年、千年、万年という視点から眺める、という手法である。読者はゆみ子とともに犯罪行為をともにするわけだが、めまいを覚えるような浮揚感は、犯罪行為のもたらす興奮からくるのではない、高度を上げて事態を俯瞰するというそのことからくるのだ。作者は、赤ン坊という生命が人に視点の高度を上げて見ることを強いるという事実を、「乳くさい赤ン坊の匂いが、哀しく嗅覚をこそぐった」という一行で示唆しているのである。

ゆみ子の、「父も相沢とも子も母も私も、それからとも子の弟の宗雄も（捲きこんでしまえ！）」という感情はそこからくる。

そう考えてはじめて、乳母車の傍で眠る宗雄のもとから、宗雄が見守っていなければならないはずのその乳母車を持ち去るという大胆な行為に及ぶことの理由も分かる。父が若い愛人のもとで子まで作っていたという事実を知ったときのその衝撃に匹敵する衝撃を、自分が愛することになるであろうと思われる男――それは事前に展開された初対面の二人の会話から十分に感じ取れるように作者は書いている――にも味わわせてやるという「不敵な決意」が湧くのはそのせいなのであり、それは、一方的な行為、賭けのような行為である以上「思いつくと実行せずにはすまされない絶望的な性質のものだった」のである。絶望的なのは、幼児誘拐は犯罪である、からなどではない。それが賭けにも似た告白にほかならなかったからである。宗雄は自分と同じ痛みを感じるべきなのだ。なぜなら自分が愛することになると直感しているからである。

好意を抱いた男に、自身の痛みを分かち合うかたちで愛を告白すること。相手が応じるであろうことを確信しているにせよ、分かちあえないことも万一にはあるかもしれないのである。いや、その確率のほうが高いかもしれないのだ。人には悪戯かもしれないが、ゆみ子にとってそれは厳粛な賭けだったのである。それができたのは、赤ン坊が示唆する生命の次元に自分たちも――ゆみ子も宗雄も父も母もとも子も――いるのだ、という確信に達していたからである。俯瞰するとはそういうことだ。

はたして相手は、自分の狙い通りに、逆上せんばかりに怒った手紙を書き寄越したのである。それが、ゆみ子の宗雄への返信に書かれている、「貴方を驚かせて申しわけありませんでした。わるかったと思います。でも、そう申しながらも、貴方が『生まの心臓を爪がのびた真っ黒い手でつかまれるようなショックを受けた……』と書いてある所を読んで、私は、私の胸の奥底で、かすかな満足に似た気持を感じていた」という理由なのだ。

3

『乳母車』は一九五六年の作だが、『雪景スナップ』『自活の道』は一九三〇年代の作、およそ四半世紀を遡る。遡るにもかかわらず、ものの見方、考え方において本質を等しくすることについては疑いを入れない。文体や用いられる語といった次元においてではない。物語を決定する芯の部分が等しい。

『雪景スナップ』においてそれは露骨なほどだ。伊藤整（いとうせい）の評論「ジェイムズ・ジョイスのメトオド『意識の流れ』に就いて」が同じ一九三〇年で、評論集『新心理主義文学』が刊行されたのが三二年である。邦語文献でいえば石坂のほうが先行している。『雪景スナップ』の物語の筋は英子のそれこそ「意識の流れ」をなぞっているのである。だが、そんなものは表層にすぎない。「森林技師」である男が、英子のいわば深層の無意識を鮮明に浮かび上がらせるのである。

男が語る「無口な、そしてひどく烈しい恋愛」は、「炭焼き小屋に住んでる夫婦者」の振舞いに典型的に示されるわけだが、彼らがときどき演じる「理由のない烈しいなぐり合い」は愛の表現にほかならない。その女の武器が「黒い爪と歯」なのだ。『雪景スナップ』の「黒い爪と歯」が、『乳母車』の「生まの心臓を爪がのびた真っ黒い手でつかまれるようなショック」と遠く呼応しているさまには驚嘆するほかないが、むろん、石坂の初期短編をジョイスやウルフの新心理主義文学を引いて論じたものなど、管見では皆無である。だが、『雪景スナップ』も『自活の道』も、小説の視点となっている女主人公の、その意識と無意識の交響において優れていることは紛れもない。石坂にそれが可能になったのは、意識も無意識も、俯瞰する高度によって見えてくるという事実を、文学者として十分に把握していたからである。無意識は深層に潜むのではない、むしろ遠望することによって見えてくるのだ、という逆説的な真実である。

問題はただ、石坂がそれを、新奇を衒うことといささかもなく、人間の「常態」として、それこそ大衆小説、中間小説の流儀で描き切っていることであって、まさにその理由によって、誰も石坂を、横光利一（よこみつりいち）や川端康成（かわばたやすなり）、伊藤整らと並べはしなかったのである。「意識の流れ」に関しては石坂のほうが一等上であるとさえ私には思われるが、作家も批評家も、大衆小説作家、中間小説作家という呼称に騙されているのだ。要するに石坂は馬鹿にされていたのであり、石坂も後年、馬鹿にされることを肯っていたのである。だが、馬鹿にしてはならない。されることを肯ってもならない。まともな日本文学史などいまだ書かれていないといっていいのだ。

『雪景スナップ』の末尾を引く。

男は立ちあがって英子の逃げ道を塞いだ。英子は杖で男の頬を打った。初めて人を打つ。驚愕と歓喜と絶望と。それらを包む霧のようにうすい満足感があった。突然、英子は鋭い叫び声をたてて山の木霊を呼び起した。防ぐように、待ち設けるように両手を高くかざしながら。男は顔を歪めてクシャミを一つ洩らした。だがその次には恐ろしく真面目くさった様子で、スキーをつけたままの英子を楽々と小脇に抱えた。そして英子の大胆な狂喜にかすかな嫉妬を感じながら、雪煙りをあげて深い谷間に辷って行った。

紫外線がさんさんと無人の山頂に降った。

『自活の道』をあわせ読めば、石坂がいかに人間の意識と無意識にかんして、とりわけそれがほとんど正反対の傾向をもつことにかんして鋭敏であったかが分かる。というより、そういう仕組みをもたない人間の心理など存在しないのである。そしてそれ以上に、たとえば『乳母車』で、ゆみ子にそれこそ「不敵な決意が絶望的に閃く」その機微と、『雪景スナップ』で、英子が無意識のうちに誘った男の果敢な行為に対する「驚愕と歓喜と絶望と。それらを包む霧のようにうすい満足感があった」というその機微が、人間の心情を描いて驚くほどみごとに符合するという事実に驚嘆するのだ。『乳母車』は『雪景スナップ』の人間観察をさらに推し進めているのである。

同じことは一九四二年に発表された『女の道』にも見られるのだが、詳述する紙幅がない。石坂はここではすでに小説の手練れ（てだれ）であって、物語の展開において、どのような読者をも満足させる手法を駆使しているわけだが、注意を喚起しておきたいのは、これが日本軍の真珠湾奇襲作戦の後、すなわち太平洋戦争勃発直後に発表されている――書かれたのは直前である可能性が高いだろうが――という事実である。『女の道』は、結婚を意識しながらも召集され戦死した男へのこだわりを軸に展開するが、戦死は必ずしも重要ではない。同じ設定は戦前戦中戦後にかかわりなく主体的な女性すべてに当てはまりうるのである。

ここでは詳述しないが、俯瞰する視線によって情景の意味が変わってゆくそのさまを捉える手法は、太平洋戦争直前に刊行された長編『暁の合唱』（一九四〇～四一）において、当時は先端的な職業であったバスガールになった斎村朋子が、妊婦がバスで出産する現場に立ち会い、昭和戦前の情景が、俯瞰する視線の上昇とともにまたたくまに生命の始原の情景へと変貌してゆく、その過程のみごとな描写に端的に生かされている。これこそ、『乳母車』に描かれた「乳くさい赤ン坊の匂いが、哀しく嗅覚をこそぐった」という情景の淵源であるといっていい。石坂には、軍国主義一色に塗りつぶされてゆく世相に対して、無意識にであれ、出産の場面ひとつで立ち向かおうとするだけの胆力があったのだと私には思われる。ちなみに『暁の合唱』は、朝日新聞連載の予定だったものが『若い人』への右翼の抗議のために取りやめになり、「主婦之友」に連載された長編である。石坂においては、戦前戦中戦後は、表面的にはともかく、本質的にはまったく違いがなかったことが分かる。自立した主体的な女を素直に、すなわち意識と無意識の葛藤をも含めて率直に描き出す立場にとって、軍国主義一色に塗りつぶされてゆく世相など枝葉末節にすぎなかっただろう。変化があるとすれば、原始・古代・中世・現代といった目盛りであって、明治・大正・昭和といった目盛りではなかった。この流儀は、おそらく石坂自身が考えている以上に深い影響を受けたと思われる折口信夫――現代の最中にある古代、古代の最中にある現代――に通じるものであって、まさにその理由によって、宮本常一や網野善彦とも通じ合っているのである。

『墓地のあたり』は、石坂自身の文学の環境と来歴を率直に語ったものであり、母と妻のありのままの姿を描いて過不足ない。一般には珠玉の短編などとは考えられてもいないだろうが、ありのままに描かれた母と妻が、石坂にあってはあらゆる女性像を解く手がかりとしてあったことが、よく分かるように書かれている。ここでも、「捨て子」として登場する赤ン坊が妻の姿を鮮やかに浮き彫りにしていることに注目すべきだろう。

戦後ただちに書かれ発表された『林檎の花咲くころ』、『草を刈る娘』は、石坂の短編のなかでも傑作として有名なので多言しない。ただ、『林檎の花咲くころ』が、戦争直後の世相をよく示している以上に、歴史人口学者のエマニュエル・トッド風にいえば、日本の典型的な家族システムすなわち直系家族のありよう——冒頭にその残酷な側面が描かれている——を示して秀逸であることに注意を促しておきたい。

そしてもうひとつ、ここでも石坂が、女が主体的であるためには自ら働かなければならない、働くことの歓びに触れなければならない、という持論をみごとに展開していることに注意を促しておきたい。その背後に、行商を展開して石坂兄弟を大学にまで進学させた母の存在があることは指摘するまでもない。さらにもうひとつ、石坂には、家族システム論を展開するトッドにはないものがあって、それが家族を形成する「愛着する力」とでもいうべきものに対する飽くなき探究であることを、はっきりと指摘しておきたい。

石坂の小説はすべて家族論であるといってよいが、その特徴はしかし、家族を形成するのはいわゆる家族制度などではまったくない、それは人と人を結びつける「愛着する力」にあるのだ、という強烈な主張とともにある。石坂は、とりわけ長編『水で書かれた物語』（一九六五）以降、近親相姦という主題に真正面から向き合うことになるが、それは「愛着する力」の淵源を解明せずにはおかないという衝迫にもとづいている。石坂は、一般に思われているような柔い作家ではない。物事を究明するにきわめてしたたかな膂力をもった作家である。それは、近親相姦に強烈な照明を当てた最後の二つの長編『ある告白』（一九七〇）と『女そして男』（一九七二）、そして短編『血液型などこわくない！』（一九七〇）に端的に示されている。

『草を刈る娘』も同じように家族論の要素をもつが、『林檎の花咲くころ』とはだいぶ違っている。津軽の岩木山麓に一年分の馬草を刈るために二週間近く小屋掛けして寝泊まりするその習俗に取材したものだが、背景にあるのは、トッド風の家族システム論にのっとっていえば、父系制直系家族ではない、母系制共同体家族とでもいうべきものである。一般には田舎娘の初恋を描いた佳編と目されているようだが、石坂の小説を貫く論理が生半可なものではないことに注目すべきである。

母系制共同体家族を彷彿とさせる冒頭近くの一節を引く。

そして、こういうにわか造りの小部落が、流れるような裾野の傾斜のところどころに散在するありさまを展望すると、人は誰しも烈しい漂泊の思いに襲われるであろう。話に聞く、ジプシー族の天幕村でも目の当りに眺めてるような気持で、ともかく漂泊の情というものは、人間の本質に深く根ざしたものであることを、瞬間的に強く反省させられるのだった。

どの草刈り部落の生活も、年とった、しかしまだまだ働く元気もある、一人の老婆によって統率される。生活が原始的になるほど母系家族の形態が似つかわしくなるのだ。集団内の風紀、秩序の維持、よその集団とのつき合いなど、ぶっきら棒な男よりは、知恵が細かく柔らかに働く女の年寄のほうが、手落ちがなく、スムーズに事が運ぶからである。

石坂はジプシーと述べているが、中央ユーラシアのノマド、遊牧民を思い浮かべたほうがいいだろう。中国史は遊牧民と農耕民のせめぎ合いの歴史だとはよくいわれることだが、石坂は、東北、少なくとも北東北には遊牧民の要素があると考えているのである。さらにいえば、「年とった、しかしまだまだ働く元気もある、一人の老婆によって統率される」母系制共同体家族のようなものが十分に想定されると考えているのであって、それは小屋掛けして二週間近くを過ごす仮の村落においてのみならず、もともとの村落の生活のありようの全体に当てはまると考えられているといっていい。
要するに石坂は、日本社会においては、母系制家族システムがいまなお生活の深部において脈打っていると密かに考えているのである。

4

『石中先生行状記』は石坂洋次郎にとって、出世作『若い人』、『麦死なず』に匹敵する重要な作品である。

石坂文学の最大の特徴は「女を主体として描く」というところにある。主人公といわずに主体というのは、女は、主人公であるのみならず、必ず、主体的に男を選び主体的に行動する存在として描かれているからである。女は見られ選ばれる客体である以上に、自ら進んで男を選び、男に結婚を促し、自分自身の事業を展開する主体なのだ。明朗健全な爽やかさはこの主体的な女性が結果的に醸し出すのであって、逆ではない。これはたとえば広く読まれた長編『若い人』や『青い山脈』に顕著だが、本書所収の短編『乳母車』や『最後の女』においても同様に顕著である。

主体的な女性と家族システムのありようが密接にかかわることは指摘するまでもない。石坂の筆は、主体的な女性のその主体性が、あるときは家族システムを破壊し、あるときは再創造する、その力学を捉えようとしてつねに苦闘してきたのである。だが、同じように大きな特徴として、糞尿譚と笑いがあること、それがとりわけ『石中先生行状記』において顕著であることをも指摘しておかなければならない。西欧ルネサンスが糞尿譚と笑いによってヒューマニズムの基礎を築いたとはよくいわれること——王もまた屁も放れば笑いもするという論理——だが、『石中先生行状記』にはいわば戦後ヒューマニズムの骨格を形成したという趣きがある。

とはいえ、糞尿譚と笑いという主題のもと『石中先生行状記』を論じ切るほどの余裕はいまはない。ここでは、『石中先生行状記』のなかからなぜ『無銭旅行の巻』を選び、さらにそのうちの八章から十一章までを選んだかについて一言するにとどめる。『石中先生行状記』は連作短編としてははじめ三部三冊が刊行され、数年の間をおいて完結篇一冊が刊行され全四部四冊となった。三部三冊の最後に、『帰去来の巻』が置かれ、いわば連作完了の挨拶とも受け取れる文章となっている。
石坂の思想を示して興味深いので引く。寺町を散策した後の述懐である。

庭の片隅に、低い、細長い屋根がかかって、その下に、赤いヨダレ掛けをした六地蔵尊が並んでいた。石中先生は、賽銭箱に十円紙幣を入れて、六体の地蔵尊を拝んだ。田舎の風俗を描くのが趣意であった此の連作小説の中で、多少ともモデルの役を勤めてくれた人々の無事息災を祈願する心持もあったのである。帰去来(かえりなむいざ)！

×　　×　　×

堀端の町角に裁判所があった。ちょうど、国鉄の職場離脱者の裁判が行われている時間とかで、建物の周囲の空地には、千人余りの組合員が犇(ひし)めいて、赤旗をふりながら、革命歌を高唱していた。柵の外の往来には、たくさんの通行人が足を停めて、この目ざましい観物に見とれていた。
これは一体どういうことなのだ？　いま裁かれてる側の者達にとっては、この公判を通じて「逞ましい生長」があったり「同志愛の燃焼」があったりするのであろう。しかし、彼等の動き方が、柵の外の見物人達に、威嚇と暴力のにおいを感じさせていることも、間違いのない事実である。

石中先生はなにかわりきれない気持ちで、其処を離れた。待つ人もないガランとした仮の住居はそこから五分とはかからなかった。

家族には家族の、集団には集団の力学がある。石坂がそういう力学に鋭敏であったことは、『麦死なず』から『あいつと私』にいたる左翼運動批判、前衛運動批判に明らかだが、ここで興味深いのは、そういう石坂の見解が、直前の「田舎の風俗を描くのが趣意であった此の連作小説」という総括と対になるかたちで並べられているという事実である。「田舎の風俗」は「田舎の民俗」であり、要するに日本民俗学である。石坂には民俗学とマルクス主義を併置して考える視野があったのである。それを連作の掉尾(ちょうび)に書かずにはいられなかったところに、私は石坂の思想の強靱さを見出す。

『石中先生行状記』には「無銭旅行」に関連する三つの短編がある。ひとつは第三部のはじめに置かれた『青銅時代の巻』、いまひとつはそれに続く『無銭旅行の巻』、最後のひとつは完結篇と題された第四部の劈頭に置かれた『無銭旅行の巻』である。『青銅時代の巻』は無銭旅行を扱っているわけではないが、旧制中学時代の石坂の体験に取材したと思しい一連の懐旧談をはじめるにあたっての契機が語られているので、はずせないのだ。その契機というのは、石中先生が二人の女学生の来訪を受け、女学校文化部主催の講演会に出てもらえないかと依頼されるというものである。石中先生は、依頼は断ったものの、この二人の女学生A子とB子相手に自身の旧制中学時代の体験談を語りはじめることになる。『青銅時代の巻』は小学生に凧揚げのコツを教えたことにまつわる失敗談だが、それに続く『無銭旅行の巻』は、同じA子とB子が再び話を聞きたくて手土産をもって訪ねてきたという設定で、三話からなる。第一話は、石中と同級生の丸山の二人が無銭旅行をして無人の神社に泊り、深夜そこを訪れて祈願する嫁、その後に訪れて祈願する姑に神を装って叱責を与えるというもの。第二話は、同じ二人が、とある小学校での在郷軍人分会銃剣術大会に紛れ込み、そこで知り合いの女学生・桃井園子に出会い、クレオパトラという綽名の園子の計らいで彼女の実家である宿屋に泊めてもらうというものである。

主筋は銃剣術大会の審判長である佐々木という石中らの先生の夜の行状にかかわるのだが、いまは紹介するほどの余裕がない。本書に収録したのはその後に続く第三話であり、冒頭の「クレオパトラ」とはその園子のことである。また、末尾、×印の後に続く最後の一節は、その後の顛末を語っているわけだが、それを聞き出そうとするA子とB子は、『青銅時代の巻』の端緒を担った女学生二人である。×印前で止めても良かったのだが、余韻がみごとで省きがたかった。

完結篇に収録された『無銭旅行の巻』も興味深いが、ここに紹介するほどのものではない。無銭旅行をして寺に一泊し、深夜、住持と大黒の墓荒らしを目撃することになる顚末を語ったものである。

こういう説明をするよりは全編を収録するほうがはるかに良かっただろうが、紙幅がなかった。とはいえ、第三話のみごとさはまた格別で、生きている民話とでもいうべき印象が強く、この部分のみ独立させて鑑賞するほうが良いと私には強く思われた。最後にされた「それは、私が気ちがいであるという条件のもとに神様が覗かせてくれた、世にも貴重なスペクタクルであったと自分では思っている」という述懐は、そのまま「世にも貴重な短編であった」と言い換えたくなるほどで、ほとんどギリシア神話の世界に隣接している。ということは、逆にいえば、人はいまも神話の世界に隣接して生きているということである。こちらが気づいていないだけなのだ。

5

紙幅がないが、どうしても書いておかなければならないことがなお二つある。

『最後の女』は一読明瞭であって解説を要しない。石坂の思想が端的に示されていると思われる。短編全集に収録されていないのが私には不思議だが、たとえば代表作『あいつと私』の骨格となる要素をすべて兼ね備えている。のみならず、先にも触れた最後の傑作ともいうべき『ある告白』『血液型などこわくない！』『女そして男』へと展開する思想の萌芽をなしているのであり、家族の絆ともいうべき「愛着する力」の原形質を示してみごというほかない。『最後の女』のみや子が『草を刈る娘』の族長ともいうべき老婆・その子の延長上に位置することはいうまでもないが、『あいつと私』のカリスマ美容師、モトコ・桜井の原型であることもまたいうまでもない。

もうひとつ書いておかなければならないことは、『乳母車』には「――ある序章」というサブ・タイトルが付されているということだ。短編小説としてみれば、ゆみ子と宗雄という二人の人生の序章という象徴的な意味合いにも受け取れるが、文字通り、これは長編小説の序章として構想されたのではないか、と疑うこともできる。

事実、『乳母車』を原作とする同題の映画があって、これは原作の三倍以上の長さがあるのである。主演は宗雄が石原裕次郎でゆみ子が芦川いづみ。ゆみ子に詰られて母は家を出て自立しようとし、銀座のバーのマダムになる。父の子を生んだとも子も責任を感じて父と別れ自活しようとする。罪のない赤ン坊をどうするか。宗雄とゆみ子は相寄って一策を案じ、当事者三人を顔合わせさせ今後を相談させようとするが、むろんそう簡単にはいかない。赤ン坊のまり子を預かった宗雄とゆみ子は、偶然出食わした「赤ちゃんコンクール」に出場してみごと三等賞になるという場面――二人の結婚を暗示する――が最後だが、これを仮に監督と脚本家の立案とすれば驚くべきことが起こったことになる。

おそらく石坂が長編小説の腹案を監督と脚本家に語り聞かせたに違いないと私は思うが、映画化の経緯を語った文章は、管見を恥じるが、眼にしていない。明瞭なことは、女が自立してバーのマダムになるという設定が長編小説『光る海』に生かされているということである。また、当事者およびその家族が集って拡大家族会議が開かれるという着想もまた『光る海』、『颱風とざくろ』そのほかに生かされているということだ。

石坂が腹案を話したとしか思われないが、感嘆するのは、映画関係者を創作仲間として扱うというその姿勢である。度量の広さなどというものではない。物語の展開を生かそうとして外部をも巻き込んでしまうその手法がしたたかなのである。『無銭旅行の巻』に登場するA子、B子には必然性があったというほかない。

そういう雑多なものを取り込んでびくともしない語り部としての石坂洋次郎の膂力に驚く。

なお、本書に雁行するかたちで、拙著『石坂洋次郎の逆襲』(二〇二〇)が同じ講談社から刊行される。母系制、家族システム、愛着する力などについて、さらに踏み込んで論じようとしたものだ。併せてお読みいただければまことに嬉しい。

年譜

石坂洋次郎

一九〇〇年（明治三三年）
七月二五日、青森県弘前市代官町八二番戸に、父石坂忠次郎、母トメの次男として出生した。二歳上の兄精造、四歳下の弟健三がいる。生家は古着屋や質屋などを営んだが、母の農村相手の反物商売が繁昌して家計を大いに助けた。母の士族出身という意識が彼の生涯に影響した。

一九〇七年（明治四〇年）　七歳
四月、弘前市立朝陽尋常小学校入学。虚弱な体質だったが、読書を好み、友人と蒟蒻版の回覧雑誌を作り、小説を載せたりした。

一九一三年（大正二年）　一三歳
三月、朝陽尋常小学校を卒業。四月、県立弘前中学校（現・県立弘前高等学校）に入学。押川春浪や黒岩涙香等の冒険怪奇小説を愛読し、長田幹彦や谷崎潤一郎、佐藤春夫等を耽読したが、短歌の結社に加入したり、数誌に短歌や俳句を投稿したりした。作家になることを漠然と決めた。

一九一八年（大正七年）　一八歳
三月、弘前中学校卒業。小中学校時代は上町と下町の境目にある市内塩分町に居住していたが、後の「わが日わが夢」等の作品に影響する。両親の意向で慶應義塾大学理財科（現・経済学部、商学部）を受験するが、失敗。一年間の予備校（神田の正則予備学校）通いをした。東京に来て、言葉に悩まされた。

一九一九年（大正八年）一九歳

四月、慶應義塾大学文科予科に入学。同級に八戸出身の北村小松（後に作家）がいた。芝区三田南寺町南台寺に下宿。大学図書館に通って外国文学を読みふけった。

一九二一年（大正一〇年）二一歳

三月、予科修了。四月、文学部文学科一般泰西文芸専攻に進学。一一月、弘前出身で横浜の聖書学院（共立女子神学校、現・東京基督教大学）に在学中の今井うら（当時一七歳）と結婚。大井町水神下に新居を構えた。この年、病気のため、一年間休学する。

一九二二年（大正一一年）二二歳

四月、国文学・支那文学専攻へ転科。奥野信太郎と同級になる。

一九二三年（大正一二年）二三歳

四月、長男・信一誕生。七月、郷土の作家葛西善蔵を鎌倉建長寺内宝珠院に訪問する。昭和三年七月の彼の死までその交際は継続。

一九二四年（大正一三年）二四歳

一二月、北村小松が出たあとの家（大森区新井宿）に郷里から呼び寄せた妻子と住む。

一九二五年（大正一四年）二五歳

三月、卒業論文「平家物語について」を提出して文学部国文科を卒業。七月、東京に適当な就職口がなかったため、県立弘前高等女学校（現・県立弘前中央高等学校）に勤務。八月、長女・広子誕生。同月、葛西善蔵名で「老婆」を発表し、好評を得る。

一九二六年（大正一五年・昭和元年）二六歳

九月、より高い俸給を求めたこともあり、秋田県立横手高等女学校（現・県立横手城南高等学校）に転任。横手町羽黒末丁に居住する。

一九二七年（昭和二年）二七歳

二月、「海をみに行く」、七月、「炉辺夜話」をそれぞれ『三田文学』に発表。八月、次女・朝子誕生。この年ごろから休暇に就職活動のため上京し、数年間続ける。

一九二八年（昭和三年）二八歳
五月、「キャンベル夫人訪問記」を『三田文学』に発表。七月、葛西善蔵の葬儀に列席。九月、「ある手記」を『三田文学』に発表。この年、その他随筆数編も同誌に発表。

一九二九年（昭和四年）二九歳
四月、県立横手中学校（現・横手高等学校）に転任。一〇月、三女・路易子（るいこ）誕生。一一月、水上瀧太郎の推薦により初の、商業誌『文藝春秋』に「外交員」を発表。

一九三〇年（昭和五年）三〇歳
四月、「雪景」（のちに「雪景スナップ」と改題）を『つばさ』に、一〇月、「彼等の半日」を『三田文学』に発表。

一九三一年（昭和六年）三一歳
一月一七日、「彼らは斯く考へた」を『時事新報』に三回連載（一七～一九日）。四月、「歪めるトルソー」を『秋田魁新報』に連載（六～一五日。ペンネーム・石坂羊児）。六月、横手町羽黒新町に転居。七月、次女・朝子、脊椎カリエスのため死去。

一九三二年（昭和七年）三二歳
一月、「浮浪者」を『文藝春秋』に発表。これら初期の作品には若者の性が色濃く扱われた。三月頃、妻うらが出奔騒ぎを起こす。九月、諸種の事情により妻子を郷里に帰し、単身、横手町上根岸柿崎方に下宿。「若い人」の筆を執る。この年、父忠次郎死去。

一九三三年（昭和八年）三三歳
五月、横手町嶋崎町三番地平野邸内に転居し、郷里から妻子を呼び寄せ、同居。『三田文学』五月号に「若い人」一四〇枚が掲載。『新潮』で川端康成が推賞するほど、好評を得た。女学生江波恵子には執筆時の作者の懊悩が反映されている。好評に自信を得た石坂は続編を書き継ぎ、足かけ五年後の昭和一二年一二月号でようやく完成する。この他、「金魚」も七月に『経済往来』に発表。これは、葛西善蔵との文学的惜別を告げるものとして注目したい。また、一一月、「風俗」を『文芸』に発表。翌年一月の「壁画」(『文藝春秋』)や四月の「お山」(『改造』)と共に三部作をなす。

一九三四年(昭和九年) 三四歳
二月、初の短編集『石坂洋次郎短篇集』を春秋社より刊行。一〇月、「馬骨団始末記」を『改造』に発表。一二月まで連載するも未完に終わる。

一九三五年(昭和一〇年) 三五歳
四月、三田文学一〇周年文芸講演会で「わが文学論」と題して講演。八月、短編集『金魚』をサイレン社より刊行。

一九三六年(昭和一一年) 三六歳
一月、「若い人」により第一回三田文学賞を受賞。同月、『三田文学』に「『垣』の外から」を発表。これは、川端との対峙を表明した、自己の文学観確立を内外に示すものとして重要である。八月、「麦死なず」四八〇枚が一挙に『文芸』に発表、一〇月に改造社より刊行された。妻アキの言動に悩まされ、かつ自身の処置にも迷う作家五十嵐の生活を述べたものだが、文壇にかなりの反響を呼んだ。

一九三七年(昭和一二年) 三七歳
二月、『若い人』、一二月、『続若い人』がそれぞれ改造社より刊行され、ベストセラーとなる。また、同作は一一月に豊田四郎監督によって東京発声映画社より映画化される。原作の初の映画化である。「麦死なず」「若い人」によって作家的地位が確立した。

一九三八年(昭和一三年) 三八歳
一〇月頃、「若い人」が、不敬罪・軍人誣告罪で右翼関係から告訴されるが、不起訴となる。一一月、このこともあり、勤続一四年間の教員を依願退職する。同時に『朝日新聞』より依頼を受けていた小説連載も中止となった。

一九三九年（昭和一四年）三九歳

一月、『朝日新聞』に掲載予定の「暁の合唱」を『主婦之友』に連載（一六年一月まで）。これは、職業作家としての長編第一作であり、その不安と自信が相半ばしながら、成功を収めた。三月、一家で上京し、大森区田園調布四丁目二〇番地に居住。六月、エッセイ集『雑草園』を中央公論社より刊行。七月、「何処へ」を『大陸』に連載（同年一二月まで。以後、掲載誌をかえて書き継ぐ）。当時も珍しい戯作調の作品で、初刊本（昭和一六年三月、改造社）と戦後の流布本（昭和二三年五月、八雲書店）とでは、評価が異なる。

一九四〇年（昭和一五年）四〇歳

三月、世田谷区玉川奥沢町三丁目七番地に転居。六月、『美しい暦』を新潮社より書き下ろし出版。これは自身に陰湿な部分があると認める作者の認識が女学生の矢島貞子に投影されている。平凡で健康な生活を営む若い男女の恋愛や結婚のあるべき姿や持論を展開するが、精神に先行して発達する肉体に戸惑う彼女を描く点に注意するべきである。

一九四一年（昭和一六年）四一歳

一月、「草を踏みて」を『婦人公論』に連載（一二月で未完に終わる）。ここの谷口医師の設定は後の『陽のあたる坂道』のインターン生雄吉の先蹤として注目される。一二月、陸軍報道班員としてフィリピンに派遣される。同行に尾崎士郎や今日出海、火野葦平、三木清ら。

一九四二年（昭和一七年）四二歳

七月、マニラにおいて第一回新比島文化建設懇談会に出席。一二月、帰国。

一九四三年（昭和一八年）四三歳

四月、従軍記「マヨンの煙」を『主婦之友』に発表（一一月まで）。六月、「花咲く道」を『日の出』に連載（一二月で未完に終わる）。一〇月、大本営報道部より再びフィリピンに派遣される。

一九四四年（昭和一九年）四四歳

三月、フィリピンより帰国。一〇月、弘前へ疎開。松森町九九や田茂木町二八に居住。六月、「湖水」を『三田文学』に発表。八月、「手品師ヤッコオ」を『征旗』に発表。いずれもフィリピン体験を素材にしたもの。

一九四五年（昭和二〇年）四五歳

一〇月、「文化に自主性を」を『月刊東奥』に掲載。一一月、「高原の一夜」を、一二月、「変な小説」をそれぞれ『主婦之友』に発表。年末、家族は東京に戻ったが、弘前市本町の借家に二四年頃まで残る。

一九四六年（昭和二一年）四六歳

三月頃、家族は大森区田園調布四丁目一八一番地に転居。七月、短編集『わが日わが夢』を文生社より刊行。これは、二四年七月に中央公論社より再刊されるが、収録作に異同があり、留意したい。この年、母トメが死去。

一九四七年（昭和二二年）四七歳

六月九日、「青い山脈」を『朝日新聞』に連載開始（一〇月四日まで全一一七回完結）。戦前に連載を約束していたのを社側が果たした形で実現。「国民に健康な娯楽と、出来れば民主主義を理解させるような」小説を、との求めに応じて執筆された。戦前の代表的作品から必要なものを取り入れて、従来の作品の集大成の形で完成させた。連載中はもちろん、一二月刊行の単行本も評判がよく、この成功によって自信を得て、以後、同一線上にある「青春物」を次々と発表していく。今井正監督の映画（二四年公開、東宝）も記録的な観客数を動員し、その主題歌は今もなお懐メロで歌われている。

一九四八年（昭和二三年）　四八歳

一月、「石中先生行状記」が『小説新潮』に連載開始（二四年五月に完結するが、その後も連載が継続し、最終的には二九年六月に完結）。単行本も第一部から第四部までの全四巻。これは『わが日わが夢』と共に北奥羽の風土を色濃く反映したものである。同時に、「不幸な女の巻」（二八年九月）「お玉地蔵の巻」（二九年一月）のような近親相姦を扱う作品も含まれることに注意したい。なお、同作は二三年一〇月、わいせつ罪容疑に問われるが、起訴猶予になった。このことも作品がより話題を呼ぶ一因である。同月、「女の顔」を『主婦之友』に連載（二四年八月まで全二〇回完結）。これまでに見られなかった恋愛と肉体との結合を主人公の一人和子を通して描く点に注意を要す。

一九四九年（昭和二四年）　四九歳

六月一五日、「山のかなたに」を『読売新聞』に連載開始（一二月九日まで全一七七回完結）。「青い山脈」と姉妹作をなすが、作の出来栄えはこちらが勝る。また、「青い山脈」において性論議が少ないことを指摘されたそれを、意識して多少なりとも取り上げた。すなわち、「女の顔」の和子を本作では美佐子にあてて、公の武器である新聞において性の問題に注目した。一一月、教師時代の教え子・むのたけじが代表のたいまつ新聞社よりエッセイ集『わが道を往く』を刊行。

一九五〇年（昭和二五年）　五〇歳

六月、初めて家を求めて、大田区田園調布四丁目一九〇番地（後、四丁目二八番地二三号）に転居。この年から軽井沢でゴルフを始める。

一九五一年（昭和二六年）　五一歳

一月、「憎いもの」を『新潮』に、「ストリップ・ショウ」を『群像』に、「若い娘」を『主婦之友』に、「危機」を『別冊小説新潮』に、「女同士」を『ホーム』にそれぞれ掲載。新年号にこれほど掲載したことは後にも先にもない。四月、「母の自画像」を『婦人倶楽部』に連載（二八年一二月まで三三回完結）。八月、軽井沢で胃痙攣を患い、喫煙の習慣を絶つ。九月、新潮社より初めての著作集『石坂洋次郎作品集』全六巻を刊行し始める（二七年二月完結）。各巻に付された「あとがき」は有益である。

一九五二年（昭和二七年）五二歳

一月一日、「丘は花ざかり」を『朝日新聞』に連載開始（七月一五日まで全一九六回完結）。前二作の新聞小説がいずれも学園を舞台にしたのに対して、これは人妻とOLの恋を並列して述べて、新境地を展開する。もっとも、前年の短編「危機」にその先がけは見られる。単行本も同年九月の刊行二ヵ月で四五版を示すように非常に売れた。連載中も作者や新聞編集局へ投書が殺到し、これによって新聞小説家としての地位は確立された。

一九五三年（昭和二八年）五三歳

一〇月一四日、NHKラジオ「朝の訪問」に出演（聞き役・榊原弘アナウンサー）。

一九五四年（昭和二九年）五四歳

三月、『母の自画像』全二巻を、講談社より刊行。これは、後に『わが愛と命の記録』と改題、改稿の上に刊行される（三五年五月、講談社）。前者での主人公タミ子の赤裸々な性の描写ができるだけ目立たないように改稿されていて、留意するべきである。五月一〇日、二年前に渡米中の三女・路易子が米国人と結婚していたが、その嫁ぎ先の米国に夫人と共に旅行。ついでに、留学中の長男を伴って欧州各国を旅行し、八月七日に帰国。

一九五五年（昭和三〇年）五五歳

一月、「白い橋」を『婦人倶楽部』に連載

（三一年三月まで一五回完結）。「丘は花ざかり」の発展作である。一〇月、義弟三回忌のために帰郷。弘前中央高等学校で「文学と人生」と題して講演（一〇月二六日付『東奥日報』に要旨）。

一九五六年（昭和三一年）　五六歳

四月二三日、「山と川のある町」を『朝日新聞』夕刊に連載開始（九月一四日まで全一四四回完結）。一二月一二日、「陽のあたる坂道」を『読売新聞』に連載開始（三二年一〇月七日まで全二九七回完結）。倉本たか子の人間的成長と恋の成就を主軸としつつ、大人たちの生き方もそれと並行的に描かれる。その点にこの小説の重厚さがある。人は誰でも一生償いきれぬ傷を負って生き続けねばならぬ。しかし、それは結果論であって、青年時代には過去の失敗はいくらでもその気になれば洗い流せるし、その努力をおこたってはならない。「麦死なず」の事件に根差したモチーフがあった。新聞小説家としてさらに確固たる地位を築いた。

一九五七年（昭和三二年）　五七歳

一月、郷里の「東奥小説賞」の選者を引き受ける（五一年一月まで）。七月、前年入手した軽井沢の土地に別荘を新築。それまでは、旅館や貸別荘で過ごしていた。

一九五八年（昭和三三年）　五八歳

一月、「ある日わたしは」を『若い女性』に連載（三四年二月まで全一四回完結）。これは、かつての恋人同士の子どもたちが二代目を演じるという設定の作品。四月、初めての童話「ぼくは一年生」を『小学一年生』に連載（のちに「ゆり子ちゃん」と改題。『小学三年生』三六年五月号で完結）。七月、慶應義塾評議員に選出される（五三年一〇月まで）。一一月一九日、「あじさいの歌」を『中部日本新聞』『西日本新聞』『北海道新聞』に連載（三四年一〇月二一日まで全三二〇回完結)。
一九五九年(昭和三四年) 五九歳
四月、「寒い朝」を『週刊現代』に連載(七月一二日号まで一四回完結)。七月、軽井沢でゴルフ中に肺炎となり、胆嚢炎を併発して二週間ほど入院。
一九六〇年(昭和三五年) 六〇歳
九月、「偽りと真実のあいまに」を『若い女性』に掲載。「あいつと私」を『週刊読売』に連載(三六年三月まで一八回完結)。後者は、安保騒動を背景に大学生たちの愛と性の問題を倫理観をもって示そうとする。
一九六一年(昭和三六年) 六一歳
一月、「雨の中に消えて」を『若い女性』に連載(三七年一一月まで一三回完結)。地方から東京へ出て来て共同生活をしている三人の女性の物語である。三人のうちの一人あや子の母が実は、父の前妻と友人でありながら追い出す形でその家に居座ったという設定は並行して発表された「河のほとりで」で重要な素材に採用される。同月、「河のほとりで」を『毎日新聞』に連載(一二月一六日まで全三二二回完結)。これは、これまで数作で試みられていた、過去に傷を持つ大人たちを登場させた青春物で、ハッピイエンドに終了する。一二月、強度の神経衰弱のため東大病院精神科に入院。月末に退院。
一九六二年(昭和三七年) 六二歳
一月、胆嚢炎を再発。下田の病院で手術し、東大病院木本外科に入院して一命をとりとめる。一一月二四日、「光る海」を『朝日新聞』に連載(三八年一一月二八日まで全三六七回完結)。他の仕事を断って本作に集中したというだけあり、「青春と性」の問題を量的にも質的にも最もよく具現した作となった。特に、連載中より読者からの投書がひっきりなしに届けられ、連載中に「作者の弁」を掲載するという異例の措置が取られた。性を暗く陰湿な場所から陽日の下にひきずりだし、親子や友人、先輩、後輩等、いろんな人間関係がそれぞれに討論しあえるべきものだ、との持論のもとに展開し、本能としての性を認めつつも、その後も、生活に深く根を下ろし愛情を育て上げていくべきだとの考えを表現しようとした。青春物の作家とのイメージを強く印象付けた。

一九六三年（昭和三八年）　六三歳

九月二三日号から「風と樹と空と」を『週刊ヤングレディ』に連載（三九年一月一日号まで前編、同年四月二七日号より後編、同年六月二九日号まで二五回）、同月二五日号から「金の糸・銀の糸」を『週刊女性セブン』に連載（三九年四月一五日号まで一九回）。前者は青森の小都市の高校を卒業した男女六名が東京へ就職に出てそれぞれの職場で働く様子を、青山一丁目の社長宅のお手伝いとなった多喜子を中心に描く。後者は北国のK市の士族の二人娘がそれぞれ結婚する過程を描く。いずれも中途で終わった。一〇月、『津軽』を写真・小島一郎、方言詩・高木恭造、文・石坂で新潮社より刊行。年末、うら夫人がリューマチのため、入院。以後四六年まで入退院を数度繰り返す。

一九六四年（昭和三九年）　六四歳

一月、例年のように歳末から二月頃まで、伊豆今井浜で静養。三月、豪華本『石坂洋次郎自選集』を集英社より刊行（限定一〇〇〇部）。

一九六五年（昭和四〇年）　六五歳

三月、「水で書かれた物語」を『小説新潮』に連載（五月まで三回完結）。これを契機にいわゆる近親相姦を題材にする作品を書き継ぐ。いずれもが「男であり女であるという以外は、おたがいの関係を気にしない良心（これは人間が便宜にこさえたものにすぎない）以前の世界で」生きている者達を登場させる。五月二三日、「颱風とざくろ」を『読売新聞』に連載（四一年三月一〇日まで全二九〇回完結）。「女の顔」（一三年）のバリエーションであるが、はるかに膨らみのある作品。しかし、青年は特に将来の結婚を考えて行動せよとの基本線では同一線上にある。八月、「葛西＝石坂代作の記」を『図書』に発表。「老婆」（大正一四年発表）が自作であると表明し、以後『偽りと真実のあいまに』（四〇年一〇月、講談社）等に収録。その際、「水で書かれた物語」と同質の文学観によって大掛かりな改訂を施した。一〇月、エッセイ集『ふるさとの唄』を講談社より刊行。

一九六六年（昭和四一年）六六歳

一月、「死の意味するもの」を『小説新潮』に掲載。四月、『石坂洋次郎文庫』全二〇巻の刊行が新潮社より開始する（四二年一一月に完結）。各巻に付された「著者だより」は貴重である。八月、『三田文学』が復刊し、同誌にエッセイ「私のひとり言」を連載（四四年二月まで三一回完結）。三田文学会会長となる。一一月、「健全な常識に立ち明快な作品を書きつづけた功績」に対して第一四回菊池寛賞が授与される。「受賞の言葉」で「見た目に美しいバラの花も暗いじめじめした地中に根を匍わせているように、私の作品の地盤もあんがい陰湿な所にありそうだ」と述べたのは興味深い。

一九六七年（昭和四二年）六七歳

五月、第五七回より直木賞選考委員となる（五二年第七八回まで）。九月一〇日号から「だれの椅子?」を『週刊明星』に連載（四三年六月二三日号まで四一回完結）。

一九六八年（昭和四三年）六八歳

七月、「キノコのように」を『小説新潮』に、九月、「ものぐさな男の手記」を『オール讀物』に、一一月、「「ああ、高原!」」を

『小説新潮』に、「血液型などこわくない！」を『オール讀物』（四五年七月）に掲載、以上四作を『血液型などこわくない！』として刊行（四五年八月、文藝春秋）。ほかに二月、「女であることの実感」を『小説新潮』に掲載。同傾向の作品。

一九六九年（昭和四四年）　六九歳
一月、「ある告白」を『婦人俱楽部』に連載（四五年四月まで一六回完結）。「河のほとりで」を継承する。親同士がかつての恋人で、後の再会によって交際を復活させる。その子ども同士も結婚し二組の親子カップルが誕生。しかし、さらに娘は夫の死後、その父と結婚し女の子を産むという内容。七月、「私の〝性のユートピア〟」を『文藝春秋』に掲載。「性欲が食欲と同じように、ものものしい不自然な制約などを受けずに、しぜんに日常的に扱われる日がくることは、単なる夢物語でない」と語る。

一九七一年（昭和四六年）　七一歳
一月、「女そして男」を『文藝春秋』に連載（四七年三月まで一五回完結）。ある男の半生をその手記で紹介するが、「死は最終のゴールインではなく、そこに着くと、つぎのゴールが私共を待ち受けているのではないだろうか。次、そのまた次と、ゴールインにもほんとの終りはないもののような気がする」との心境は重要である。八月一八日、妻うらが心筋梗塞のため死去。のちに追悼録『天衣無縫』発刊（四八年七月、講談社）。

一九七二年（昭和四七年）　七二歳
二月、講談社より『石坂洋次郎短編全集』全三巻刊行（四月完結）。一〇月、『現代日本文学アルバム』（学習研究社刊）に「文学紀行」寄稿のため弘前・函館・横手を旅行。

一九七三年（昭和四八年）　七三歳
五月、弘前市民会館創立一〇周年記念「石坂洋次郎講演会と著作展」に出席。「ふるさとは遠きにありて」を講演。長女・今泉広子、孫・今泉佳子らが同行。一一月、学習研究社より『現代日本文学アルバム第九巻　石坂洋次郎』を刊行（普及版・五五年一〇月刊）。平松幹夫による文献解説が得難い。同月七日「私の履歴書」を『日本経済新聞』に連載（一二月六日まで全三〇回完結）。

一九七四年（昭和四九年）　七四歳

九月一五日、弘前市常盤坂のりんご公園に文学碑建立。除幕式に長男長女一家と列席。碑文「物は乏しいが空は青く雪は白く、林檎は赤く、女達は美しい國、それが津軽だ。私の日はそこで過され、私の夢はそこで育くまれた」（『わが日わが夢』より）。一〇月、豪華本『わが日わが夢』を立風書房より刊行（限定四五〇部）。

一九七五年（昭和五〇年）　七五歳

一月一五〜一九日、香港駐在の日航社員の孫・繁を訪ねて家族たち二〇人ほどで香港を観光。五月、新潮社より『わが半生の記』刊行（前記「私の履歴書」を含む）。

一九七六年（昭和五一年）　七六歳

四月一一日、「老いらくの記」を『朝日新聞』に連載（毎日曜、七月四日まで全一五回完結）。五月一五日、秋田県横手市旧城址（横手公園）に文学碑建立。除幕式に列席。碑文「小さな完成よりもあなたの孕んでいる未完成の方が　はるかに大きいものであることを忘れてはならないと思う」（『若い人』より）。

一九七七年（昭和五二年）　七七歳

一月、『東奥日報』元旦紙上に「石坂文学奨励賞」発表（選者三浦哲郎）。九月、講談社よりプチ・ブックス『石坂洋次郎文庫』刊行（五三年五月まで全四六冊完結）。一〇月、『マヨンの煙』を集英社より刊行。フィリピン体験の日記を公開したものである。その一節に「前線では、身体が弱いことは、理窟もなしに、いきなり恥辱の感じで自分の上に響いて来るのであった」とあり、コンプレックスを述べた。

一九七九年（昭和五四年）七九歳
三月、豪華本『海を見に行く』を成瀬書房より刊行（限定二〇〇部）。五月、弘前市政九〇周年記念県外在住功労者顕彰状贈呈式に他の八名と列席。

一九八一年（昭和五六年）八一歳
一一月、静岡県伊東市吉田字風越一〇〇五番地に転居。

一九八六年（昭和六一年）八六歳
一〇月七日、老衰のため死去。法名、一乗院殿隆誉洋潤居士。葬儀・告別式は一〇月一七日に青山葬儀所で実施された。墓は府中市の多磨霊園にある。一一月、弘前市新寺町の貞昌寺に分骨。のち静岡県小山町の冨士霊園「文学者之墓」にも分骨。生涯に発行した単行本は約九〇冊、各全集の合著は約六〇冊、文庫本は約一〇〇冊。映画化の作品は約七〇作。

一九八七年（昭和六二年）没後一年
一〇月七日、弘前市にて「石坂洋次郎忌（偲ぶ会）」が開催（法事、講演等の記念行事）。以後、毎年実施。

一九八八年（昭和六三年）没後二年
二月、横手市石坂洋次郎文学記念館開館。以後、毎年企画展を開催。

一九九〇年（平成二年）没後四年
七月、弘前市立郷土文学館開館。その二階に石坂洋次郎記念室を設置。

一九九六年（平成八年）没後一〇年
七月二一日〜八月三一日、青森県近代文学館で「特別展　石坂洋次郎」を開催。

二〇〇〇年（平成一二年）没後一四年
四月二八日〜六月二五日、青森県近代文学館で「石坂洋次郎生誕百年記念展　わが日わが夢」を開催。九月、『國文學解釋と鑑賞』が

「特集　石坂洋次郎の世界」を編む。

二〇〇一年（平成一三年）　没後一五年

五月、弘前市百沢岩木山総合公園に文学碑建立。碑文は「草を刈る娘」より抜粋。

二〇〇三年（平成一五年）　没後一七年

九月、弘前市在府町弘前市立朝陽小学校に文学碑建立。碑文「生甲斐や雪は山ほど積りけり」。

二〇一七年（平成二九年）　没後三一年

一月一二日〜一二月二八日、弘前市立郷土文学館で「石坂洋次郎展—『青い山脈』70年—」を開催。

（森英一編）

＊本年譜の作成にあたり、主に以下の文献を参考にした。

『石坂洋次郎（人と文学シリーズ　現代日本文学アルバム）』（学習研究社・昭和五五年一〇月）

小山内時雄編「石坂洋次郎書誌編」（『郷土作家研究』第一七号、平成元年三月）

『特別展　石坂洋次郎』（青森県近代文学館・平成八年七月二一日）

『石坂洋次郎展—『青い山脈』70年—』（弘前市立郷土文学館・平成二九年一月一二日）

本書収録九編のうち「乳母車」「雪景スナップ」「自活の道」「女の道」「墓地のあたり」「林檎の花咲くころ」「草を刈る娘」の七編は『石坂洋次郎短編全集』全三巻（講談社刊、一九七二年）、「無銭旅行の巻」は『石坂洋次郎集 山のかなたに 石中先生行状記』（現代長篇名作全集 11、大日本雄弁会講談社刊、一九五三年）、「最後の女」は『ある日わたしは 若い川の流れ』（石坂洋次郎文庫 12、新潮社刊、一九六六年）を底本とし、多少ふりがなを調整しました。本文中明らかな誤記、誤植と思われる箇所は正しましたが、原則として底本に従いました。また、底本には、職業や身分、障害について今日の人権意識に照らして不適切というべき表現がありますが、著者が故人であること、作品の書かれた時代背景を考慮し、そのままとしました。よろしくご理解のほどお願いいたします。

乳母車／最後の女　石坂洋次郎傑作短編選

石坂洋次郎

二〇二〇年一月一〇日第一刷発行

発行者――渡瀬昌彦
発行所――株式会社　講談社
東京都文京区音羽2・12・21　〒112-8001
電話　編集（03）5395・3513
販売（03）5395・5817
業務（03）5395・3615

デザイン――菊地信義
印刷――豊国印刷株式会社
製本――株式会社国宝社
本文データ制作――講談社デジタル製作

定価はカバーに表示してあります。

講談社文芸文庫

ISBN978-4-06-518602-2

講談社文芸文庫

講談社文芸文庫

著者	書名	解説・年譜等
伊藤桂一	静かなノモンハン	勝又 浩——解／久米 勲——年
伊藤痴遊	隠れたる事実 明治裏面史	木村 洋——解
井上ひさし	京伝店の烟草入れ 井上ひさし江戸小説集	野口武彦——解／渡辺昭夫——年
井上光晴	西海原子力発電所｜輸送	成田龍一——解／川西政明——年
井上靖	補陀落渡海記 井上靖短篇名作集	曾根博義——解／曾根博義——年
井上靖	異域の人｜幽鬼 井上靖歴史小説集	曾根博義——解／曾根博義——年
井上靖	本覚坊遺文	高橋英夫——解／曾根博義——年
井上靖	崑崙の玉｜漂流 井上靖歴史小説傑作選	島内景二——解／曾根博義——年
井伏鱒二	還暦の鯉	庄野潤三——人／松本武夫——年
井伏鱒二	厄除け詩集	河盛好蔵——人／松本武夫——年
井伏鱒二	夜ふけと梅の花｜山椒魚	秋山 駿——解／松本武夫——年
井伏鱒二	神屋宗湛の残した日記	加藤典洋——解／寺横武夫——年
井伏鱒二	鞆ノ津茶会記	加藤典洋——解／寺横武夫——年
井伏鱒二	釣師・釣場	夢枕 獏——解／寺横武夫——年
色川武大	生家へ	平岡篤頼——解／著者——年
色川武大	狂人日記	佐伯一麦——解／著者——年
色川武大	小さな部屋｜明日泣く	内藤 誠——解／著者——年
岩阪恵子	画家小出楢重の肖像	堀江敏幸——解／著者——年
岩阪恵子	木山さん、捷平さん	蜂飼 耳——解／著者——年
内田百閒	[ワイド版]百閒随筆 I 池内紀編	池内 紀——解
宇野浩二	思い川｜枯木のある風景｜蔵の中	水上 勉——解／柳沢孝子——案
梅崎春生	桜島｜日の果て｜幻化	川村 湊——解／古林 尚——案
梅崎春生	ボロ家の春秋	菅野昭正——解／編集部——年
梅崎春生	狂い凧	戸塚麻子——解／編集部——年
梅崎春生	悪酒の時代 猫のことなど —梅崎春生随筆集—	外岡秀俊——解／編集部——年
江藤淳	一族再会	西尾幹二——解／平岡敏夫——案
江藤淳	成熟と喪失 —"母"の崩壊—	上野千鶴子—解／平岡敏夫——案
江藤淳	小林秀雄	井口時男——解／武藤康史——年
江藤淳	考えるよろこび	田中和生——解／武藤康史——年
江藤淳	旅の話・犬の夢	富岡幸一郎—解／武藤康史——年
江藤淳	海舟余波 わが読史余滴	武藤康史——解／武藤康史——年
江藤淳 蓮實重彦	オールド・ファッション 普通の会話	高橋源一郎—解
遠藤周作	青い小さな葡萄	上総英郎——解／古屋健三——案

講談社文芸文庫

遠藤周作	白い人｜黄色い人	若林 真——解／広石廉二——年
遠藤周作	遠藤周作短篇名作選	加藤宗哉——解／加藤宗哉——年
遠藤周作	『深い河』創作日記	加藤宗哉——解／加藤宗哉——年
遠藤周作	[ワイド版]哀歌	上総英郎——解／高山鉄男——案
大江健三郎	万延元年のフットボール	加藤典洋——解／古林 尚——案
大江健三郎	叫び声	新井敏記——解／井口時男——案
大江健三郎	みずから我が涙をぬぐいたまう日	渡辺広士——解／高田知波——案
大江健三郎	懐かしい年への手紙	小森陽一——解／黒古一夫——案
大江健三郎	静かな生活	伊丹十三——解／栗坪良樹——案
大江健三郎	僕が本当に若かった頃	井口時男——解／中島国彦——案
大江健三郎	新しい人よ眼ざめよ	リービ英雄-解／編集部——年
大岡昇平	中原中也	粟津則雄——解／佐々木幹郎-案
大岡昇平	幼年	高橋英夫——解／渡辺正彦——案
大岡昇平	花影	小谷野 敦——解／吉田凞生——年
大岡昇平	常識的文学論	樋口 覚——解／吉田凞生——年
大岡 信	私の万葉集一	東 直子——解
大岡 信	私の万葉集二	丸谷才一——解
大岡 信	私の万葉集三	嵐山光三郎-解
大岡 信	私の万葉集四	正岡子規——附
大岡 信	私の万葉集五	高橋順子——解
大岡 信	現代詩試論｜詩人の設計図	三浦雅士——解
大澤真幸	〈自由〉の条件	
大西巨人	地獄変相奏鳴曲 第一楽章・第二楽章・第三楽章	
大西巨人	地獄変相奏鳴曲 第四楽章	阿部和重——解／齋藤秀昭——年
大庭みな子	寂兮寥兮	水田宗子——解／著者——年
岡田睦	明日なき身	富岡幸一郎-解／編集部——年
岡本かの子	食魔 岡本かの子食文学傑作選 大久保喬樹編	大久保喬樹-解／小松邦宏——年
岡本太郎	原色の呪文 現代の芸術精神	安藤礼二——解／岡本太郎記念館-年
小川国夫	アポロンの島	森川達也——解／山本恵一郎-年
小川国夫	試みの岸	長谷川郁夫-解／山本恵一郎-年
奥泉 光	石の来歴｜浪漫的な行軍の記録	前田 塁——解／著者——年
奥泉 光	その言葉を｜暴力の舟｜三つ目の鯰	佐々木 敦——解／著者——年
奥泉 光・群像編集部 編	戦後文学を読む	

講談社文芸文庫

尾崎一雄——美しい墓地からの眺め　宮内 豊——解／紅野敏郎——年
大佛次郎——旅の誘い 大佛次郎随筆集　福島行一——解／福島行一——年
織田作之助-夫婦善哉　種村季弘——解／矢島道弘——年
織田作之助-世相|競馬　稲垣眞美——解／矢島道弘——年
小田実——オモニ太平記　金石範——解／編集部——年
小沼丹——懐中時計　秋山駿——解／中村明——案
小沼丹——小さな手袋　中村明——人／中村明——年
小沼丹——村のエトランジェ　長谷川郁夫-解／中村明——年
小沼丹——銀色の鈴　清水良典——解／中村明——年
小沼丹——珈琲挽き　清水良典——解／中村明——年
小沼丹——木菟燈籠　堀江敏幸——解／中村明——年
小沼丹——藁屋根　佐々木敦——解／中村明——年
折口信夫——折口信夫文芸論集 安藤礼二編　安藤礼二——解／著者——年
折口信夫——折口信夫天皇論集 安藤礼二編　安藤礼二——解
折口信夫——折口信夫芸能論集 安藤礼二編　安藤礼二——解
折口信夫——折口信夫対話集 安藤礼二編　安藤礼二——解／著者——年
加賀乙彦——帰らざる夏　リービ英雄-解／金子昌夫——案
葛西善蔵——哀しき父|椎の若葉　水上勉——解／鎌田慧——案
葛西善蔵——贋物|父の葬式　鎌田慧——解
加藤典洋——日本風景論　瀬尾育生——解／著者——年
加藤典洋——アメリカの影　田中和生——解／著者——年
加藤典洋——戦後的思考　東浩紀——解／著者——年
加藤典洋——完本 太宰と井伏 ふたつの戦後　與那覇潤——解／著者——年
金井美恵子-愛の生活|森のメリュジーヌ　芳川泰久——解／武藤康史——年
金井美恵子-ピクニック、その他の短篇　堀江敏幸——解／武藤康史——年
金井美恵子-砂の粒|孤独な場所で 金井美恵子自選短篇集　磯﨑憲一郎-解／前田晃——年
金井美恵子-恋人たち|降誕祭の夜 金井美恵子自選短篇集　中原昌也——解／前田晃——年
金井美恵子-エオンタ|自然の子供 金井美恵子自選短篇集　野田康文——解／前田晃——年
金子光晴——絶望の精神史　伊藤信吉——人／中島可一郎-年
金子光晴——詩集「三人」　原満三寿——解／編集部——年
鏑木清方——紫陽花舎随筆 山田肇選　鏑木清方記念美術館-年
嘉村礒多——業苦|崖の下　秋山駿——解／太田静一——年
柄谷行人——意味という病　絓秀実——解／曾根博義——案
柄谷行人——畏怖する人間　井口時男——解／三浦雅士——案

著者	書名	解説・年譜
柄谷行人編	近代日本の批評 Ⅰ 昭和篇上	
柄谷行人編	近代日本の批評 Ⅱ 昭和篇下	
柄谷行人編	近代日本の批評 Ⅲ 明治・大正篇	
柄谷行人	坂口安吾と中上健次	井口時男──解／関井光男──年
柄谷行人	日本近代文学の起源 原本	関井光男──年
柄谷行人 中上健次	柄谷行人中上健次全対話	高澤秀次──解
柄谷行人	反文学論	池田雄一──解／関井光男──年
柄谷行人 蓮實重彥	柄谷行人蓮實重彥全対話	
柄谷行人	柄谷行人インタヴューズ1977-2001	
柄谷行人	柄谷行人インタヴューズ2002-2013	丸川哲史──解／関井光男──年
柄谷行人	[ワイド版]意味という病	絓 秀実──解／曾根博義──案
柄谷行人	内省と遡行	
柄谷行人 浅田彰	柄谷行人浅田彰全対話	
河井寬次郎	火の誓い	河井須也子─人／鷺 珠江──年
河井寬次郎	蝶が飛ぶ 葉っぱが飛ぶ	河井須也子─解／鷺 珠江──年
川喜田半泥子	随筆 泥仏堂日録	森 孝──解／森 孝──年
川崎長太郎	抹香町｜路傍	秋山 駿──解／保昌正夫──年
川崎長太郎	鳳仙花	川村二郎──解／保昌正夫──年
川崎長太郎	老残｜死に近く 川崎長太郎老境小説集	いしいしんじ─解／齋藤秀昭──年
川崎長太郎	泡｜裸木 川崎長太郎花街小説集	齋藤秀昭──解／齋藤秀昭──年
川崎長太郎	ひかげの宿｜山桜 川崎長太郎「抹香町」小説集	齋藤秀昭──解／齋藤秀昭──年
川端康成	一草一花	勝又 浩──人／川端香男里─年
川端康成	水晶幻想｜禽獣	高橋英夫──解／羽鳥徹哉──案
川端康成	反橋｜しぐれ｜たまゆら	竹西寛子──解／原 善──案
川端康成	たんぽぽ	秋山 駿──解／近藤裕子──案
川端康成	浅草紅団｜浅草祭	増田みず子─解／栗坪良樹──案
川端康成	文芸時評	羽鳥徹哉──解／川端香男里─年
川端康成	非常｜寒風｜雪国抄 川端康成傑作短篇再発見	富岡幸一郎─解／川端香男里─年
川村 湊編	現代アイヌ文学作品選	川村 湊──解
上林暁	白い屋形船｜ブロンズの首	高橋英夫──解／保昌正夫──案
上林暁	聖ヨハネ病院にて｜大懺悔	富岡幸一郎─解／津久井 隆──年

木下杢太郎-木下杢太郎随筆集　岩阪恵子──解／柿谷浩一──年
金達寿──金達寿小説集　廣瀬陽一──解／廣瀬陽一──年
木山捷平──氏神さま|春雨|耳学問　岩阪恵子──解／保昌正夫──案
木山捷平──井伏鱒二|弥次郎兵衛|ななかまど　岩阪恵子──解／木山みさを-年
木山捷平──鳴るは風鈴 木山捷平ユーモア小説選　坪内祐三──解／編集部──年
木山捷平──落葉|回転窓 木山捷平純情小説選　岩阪恵子──解／編集部──年
木山捷平──新編 日本の旅あちこち　岡崎武志──解
木山捷平──酔いざめ日記
木山捷平──[ワイド版]長春五馬路　蜂飼 耳──解／編集部──年
清岡卓行──アカシヤの大連　宇佐美 斉──解／馬渡憲三郎-案
久坂葉子──幾度目かの最期 久坂葉子作品集　久坂部 羊──解／久米 勲──年
草野心平──口福無限　平松洋子──解／編集部──年
窪川鶴次郎-東京の散歩道　勝又 浩──解
倉橋由美子-スミヤキストQの冒険　川村 湊──解／保昌正夫──案
倉橋由美子-蛇|愛の陰画　小池真理子-解／古屋美登里-年
黒井千次──群棲　高橋英夫──解／曾根博義──案
黒井千次──たまらん坂 武蔵野短篇集　辻井 喬──解／篠崎美生子-年
黒井千次──一日 夢の柵　三浦雅士──解／篠崎美生子-年
黒井千次選-「内向の世代」初期作品アンソロジー
黒島伝治──橇|豚群　勝又 浩──人／戎居士郎──年
群像編集部編-群像短篇名作選 1946～1969
群像編集部編-群像短篇名作選 1970～1999
群像編集部編-群像短篇名作選 2000～2014
幸田文──ちぎれ雲　中沢けい──人／藤本寿彦──年
幸田文──番茶菓子　勝又 浩──人／藤本寿彦──年
幸田文──包む　荒川洋治──人／藤本寿彦──年
幸田文──草の花　池内 紀──人／藤本寿彦──年
幸田文──駅|栗いくつ　鈴村和成──解／藤本寿彦──年
幸田文──猿のこしかけ　小林裕子──解／藤本寿彦──年
幸田文──回転どあ|東京と大阪と　藤本寿彦──解／藤本寿彦──年
幸田文──さざなみの日記　村松友視──解／藤本寿彦──年
幸田文──黒い裾　出久根達郎-解／藤本寿彦──年
幸田文──北愁　群 ようこ──解／藤本寿彦──年
幸田露伴──運命|幽情記　川村二郎──解／登尾 豊──案

講談社文芸文庫

幸田露伴――芭蕉入門　小澤 實――解
幸田露伴――蒲生氏郷|武田信玄|今川義元　西川貴子――解／藤本寿彦――年
幸田露伴――珍饌会 露伴の食　南條竹則――解／藤本寿彦――年
講談社編――東京オリンピック 文学者の見た世紀の祭典　高橋源一郎-解
講談社文芸文庫編-第三の新人名作選　富岡幸一郎-解
講談社文芸文庫編-追悼の文学史
講談社文芸文庫編-大東京繁昌記 下町篇　川本三郎――解
講談社文芸文庫編-大東京繁昌記 山手篇　森 まゆみ――解
講談社文芸文庫編-『少年倶楽部』短篇選　杉山 亮――解
講談社文芸文庫編-『少年倶楽部』熱血・痛快・時代短篇選　講談社文芸文庫-解
講談社文芸文庫編-素描 埴谷雄高を語る
講談社文芸文庫編-戦争小説短篇名作選　若松英輔――解
講談社文芸文庫編-「現代の文学」月報集
講談社文芸文庫編-明治深刻悲惨小説集 齋藤秀昭選　齋藤秀昭――解
講談社文芸文庫編-個人全集月報集 武田百合子全作品・森茉莉全集
小島信夫――抱擁家族　大橋健三郎-解／保昌正夫――案
小島信夫――うるわしき日々　千石英世――解／岡田 啓――年
小島信夫――月光|暮坂 小島信夫後期作品集　山崎 勉――解／編集部――年
小島信夫――美濃　保坂和志――解／柿谷浩一――年
小島信夫――公園|卒業式 小島信夫初期作品集　佐々木 敦――解／柿谷浩一――年
小島信夫――靴の話|眼 小島信夫家族小説集　青木淳悟――解／柿谷浩一――年
小島信夫――城壁|星 小島信夫戦争小説集　大澤信亮――解／柿谷浩一――年
小島信夫――[ワイド版]抱擁家族　大橋健三郎-解／保昌正夫――案
後藤明生――挾み撃ち　武田信明――解／著者――年
後藤明生――首塚の上のアドバルーン　芳川泰久――解／著者――年
小林 勇――惜櫟荘主人 一つの岩波茂雄伝　高田 宏――人／小林堯彦他-年
小林信彦――[ワイド版]袋小路の休日　坪内祐三――解／著者――年
小林秀雄――栗の樹　秋山 駿――人／吉田凞生――年
小林秀雄――小林秀雄対話集　秋山 駿――解／吉田凞生――年
小林秀雄――小林秀雄全文芸時評集 上・下　山城むつみ-解／吉田凞生――年
小林秀雄――[ワイド版]小林秀雄対話集　秋山 駿――解／吉田凞生――年
小堀杏奴――朽葉色のショール　小尾俊人――解／小尾俊人――年
小山 清――日日の麵麭|風貌 小山清作品集　田中良彦――解／田中良彦――年
佐伯一麦――ショート・サーキット 佐伯一麦初期作品集　福田和也――解／二瓶浩明――年

講談社文芸文庫

佐伯一麦	日和山 佐伯一麦自選短篇集	阿部公彦——解／著者——年
佐伯一麦	ノルゲ Norge	三浦雅士——解／著者——年
坂上弘	田園風景	佐伯一麦——解／田谷良一——年
坂上弘	故人	若松英輔——解／田谷良一、吉原洋一-年
坂口安吾	風と光と二十の私と	川村 湊——解／関井光男——案
坂口安吾	桜の森の満開の下	川村 湊——解／和田博文——案
坂口安吾	白痴｜青鬼の褌を洗う女	川村 湊——解／原 子朗——案
坂口安吾	信長｜イノチガケ	川村 湊——解／神谷忠孝——案
坂口安吾	オモチャ箱｜狂人遺書	川村 湊——解／荻野アンナ-案
坂口安吾	日本文化私観 坂口安吾エッセイ選	川村 湊——解／若月忠信——年
坂口安吾	教祖の文学｜不良少年とキリスト 坂口安吾エッセイ選	川村 湊——解／若月忠信——年
阪田寛夫	庄野潤三ノート	富岡幸一郎-解
鷺沢萠	帰れぬ人びと	川村 湊——解／著者、オフィスめめ-年
佐々木邦	凡人伝	岡崎武志——解
佐々木邦	苦心の学友 少年倶楽部名作選	松井和男——解
佐多稲子	私の東京地図	川本三郎——解／佐多稲子研究会-年
佐藤紅緑	ああ玉杯に花うけて 少年倶楽部名作選	紀田順一郎-解
佐藤春夫	わんぱく時代	佐藤洋二郎-解／牛山百合子-年
里見弴	恋ごころ 里見弴短篇集	丸谷才一——解／武藤康史——年
澤田謙	プリューターク英雄伝	中村伸二——年
椎名麟三	神の道化師｜媒妁人 椎名麟三短篇集	井口時男——解／斎藤末弘——年
椎名麟三	深夜の酒宴｜美しい女	井口時男——解／斎藤末弘——年
島尾敏雄	その夏の今は｜夢の中での日常	吉本隆明——解／紅野敏郎——案
島尾敏雄	はまべのうた｜ロング・ロング・アゴウ	川村 湊——解／柘植光彦——案
島田雅彦	ミイラになるまで 島田雅彦初期短篇集	青山七恵——解／佐藤康智——年
志村ふくみ	一色一生	高橋 巖——人／著者——年
庄野英二	ロッテルダムの灯	著者——年
庄野潤三	夕べの雲	阪田寛夫——解／助川徳是——案
庄野潤三	インド綿の服	齋藤礎英——解／助川徳是——年
庄野潤三	ピアノの音	齋藤礎英——解／助川徳是——年
庄野潤三	野菜讃歌	佐伯一麦——解／助川徳是——年
庄野潤三	ザボンの花	富岡幸一郎-解／助川徳是——年
庄野潤三	鳥の水浴び	田村 文——解／助川徳是——年
庄野潤三	星に願いを	富岡幸一郎-解／助川徳是——年

▶解=解説 案=作家案内 人=人と作品 年=年譜を示す。 2019年12月現在